Nadire Biskin
Ein Spiegel für mein Gegenüber

Nadire Biskin

Ein Spiegel für mein Gegenüber

Roman

dtv

Das Zitat auf Seite 5 stammt aus der Rede
»Learning from the 60s«, die Audre Lorde 1982
gehalten hat (Sister Outsider: Essays & Speeches by
Audre Lorde, Crossing Press 2007, S. 138).

© 2022 dtv Verlagsgesellschaft mbH & Co. KG, München
© Nadire Biskin 2022
Dieses Werk wurde vermittelt durch
die Literarische Agentur Michael Gaeb.
Gesetzt aus der Life
Satz: Fotosatz Amann, Memmingen
Druck und Bindung: CPI books GmbH, Leck
Printed in Germany · ISBN 978-3-423-28294-9

There is no such thing as a single issue because
we do not live single issue lives.
Audre Lorde

Für Schüler*innen (ndH) und für
(angehende) Lehrer*innen (ndH), für 65

ERSTER TEIL

BUCAK

Huzur erwacht vom Muezzin, der zum Gebet ruft. Neben ihr im Doppelbett, dort, wo ihre Cousine Adile liegen müsste, schlängelt sich ein dünnes weißes Laken. Adile ist wie immer viel früher wach als Huzur und hat sich bereits aus dem Zimmer mit dem knirschenden Holzboden geschlichen, mit der Tür, wo an Nägeln Hemden und Strickjacken hängen. Seit Huzur zu Besuch ist, muss Adiles Mann ins Wohnzimmer ausweichen, denn auf dem Sofa zu schlafen, kann man Gästen unmöglich zumuten. Gäste dürfen im Haus bestimmen, jeder weiß, sie sind nur temporär an der Herrschaft, und bevor sie ihre Macht ausnützen können, werden sie gehen.

Heute ist Opferfest, fällt ihr ein, und der Tag ihrer Abreise. Huzur schlägt die Augen auf und späht durch die mit eingelegten Oliven gefüllten Colaflaschen, die auf der Fensterbank liegen, nach draußen ins Licht der späten Septembersonne. Dort, wo bei anderen Blumen stehen, reihen sich bei ihrer Cousine Flaschen, bis zum Hals mit Oliven, Tomatenmark, Zitronensaft gefüllte Flaschen. Neben dem Fenster befindet sich eine Glasvitrine, wo auf mit Zeitungspapier abgedeckten Regalbrettern verstaubte Puppen mit Zöpfen sitzen. Außerdem hat Adile dort in zwei unbenutzten Sockenpaaren ihre Goldarmreifen versteckt, die sie vor Jahren zu ihrer Hochzeit geschenkt bekommen hat. Huzur verdreht wegen des Gebetsrufs des Muezzins die Augen, so wie sie es tut, wenn die Menschen im Supermarkt den Warentrenner aufs Band legen, weil man das in Deutschland so macht, und zieht sich das Kopfkissen über die Ohren. Früher als Kind fand sie den Gebetsruf schön, ihr gefielen solche Rituale. Zurück in Deutschland, vermisste sie ihn ebenso, wie sie die Saison der Nussknacker und die schönen Sommerferientage auf dem Land vermisste, mit den Cousins Bekir Nummer eins, Sohn von Onkel Ömer, Bekir Nummer zwei, Sohn von Onkel Hassan, und Bekir Nummer drei, Sohn von Onkel Osman, sowie ihren Cousinen Adile Nummer eins, Tochter von Onkel Ömer, und Adile Nummer zwei, Tochter von Onkel Osman. Sie hatte ihre Cousins und Cousinen stets um die dreimonatigen Sommerferien beneidet. Heute weiß sie, dass sie so lange Ferien hatten, weil sie den Eltern auf den Feldern helfen mussten.

Fünf Mal am Tag ruft der Muezzin. In den letzten Jahren beschleicht sie ein mulmiges Gefühl, sobald sie »Allahu Akbar« hört. In Deutschland kann man in Teufels Küche kommen, wenn man diese Formel außerhalb der Moschee ausspricht oder gar ruft, um den Allmächtigen um Beistand zu bitten. Das gilt für den Schüler, der beim Sportunterricht aufs Tor zielt, ebenso sehr wie für den Reisenden, der durch die Bahnhofshalle zum Zug rennt. Sofort pfeift der Fachlehrer den Jungen zu sich, und die Polizei hält den Mann auf. Huzur hat diese Voreingenommenheit zu ihrer Verwunderung verinnerlicht.

Sie ist neugierig auf das Opferfest. Es ist das erste Mal, dass sie es in der Türkei miterlebt. Sie hat ihren Sommer noch nie in einem Jahr in Bucak verbracht, in dem das Opferfest in die Ferienzeit in Deutschland fiel. Ihre Familie ist auch nicht jeden Sommer in die Türkei gereist, oft genug fehlte das Geld. Auch später als Studierende war sie meist knapp bei Kasse und musste während der vorlesungsfreien Zeit arbeiten. Außerdem waren da auch noch Hausarbeiten zu schreiben.

Beim Opferfest müssen alle Familien, unabhängig vom Einkommen, *helal* schlachten. Darüber würde sich in Deutschland die Biolobby freuen, denn die Schlachttiere müssen ein gutes Leben gehabt haben, für ein schnelles, möglichst schmerzfreies Ende ist ein scharfes Messer zu verwenden, und ein Artgenosse darf einem anderen nicht beim Sterben zusehen. Aber Huzur hat gelernt, dass *helal* weit darüber hinausgeht und in eine Lebensphilosophie mündet, bei der es ums Geben und Nehmen mit dem Einverständnis beider Parteien geht. Dinge im Leben, die nicht *helal* sind, laufen nicht glatt, so viel hat sie begriffen. Das Fleisch des geschächteten Tieres, welches über das Jahr verteilt verzehrt wird, wird in drei Portio-

15

nen aufgeteilt. Ein Drittel für die Nachbarn, ein Drittel für die Armen und ein Drittel für den eigenen Haushalt. Huzur fragt sich immer, wie *helal* unter Deutschen funktionieren würde. Dort bekommen Nachbarn ein schlechtes Gewissen, wenn man ihnen etwas schenkt, und revanchieren sich mit Biohonig von Großstadtbienen, und viele, die sie kennt, sind ohnehin Vegetarier oder leben vegan. Ihre Eltern in Berlin und befreundete Familien verschenken kein Fleisch, sondern spenden einen entsprechenden Betrag an einschlägige NGOs oder direkt an die nächstgelegene Moschee. Und in der Metzgerei wird für das Fest ein schönes Stück Lammfleisch für zu Hause gekauft.

Huzur blinzelt schläfrig, und ihr Blick fällt in die Zimmerecke zum kleinen Bett mit Baldachin, ein Geschenk von einer Cousine, daneben, fertig gepackt, Adiles Tasche fürs Krankenhaus mit Babysachen und einem Nachthemd. Auf der Matratze liegt die Grundausstattung, von der Großmutter gestrickte und gehäkelte Söckchen, Laibchen, Strampler, Jäckchen und eine Decke. Alles bunt, Rosa und Hellblau spielen keine große Rolle. Adile und Ali haben so lange auf ihr erstes Kind gewartet und hatten die Hoffnung schon aufgegeben. Sie freuen sich, ob Junge oder Mädchen.

Huzur freut sich mit Adile und fragt sich, wie es wäre, wenn sie ein Kind hätte, der Gedanke kommt ihr mittlerweile öfter, wenn sie einer Schwangeren begegnet oder einer Mutter mit Kinderwagen. Sie ist Ende Zwanzig, in ihrem Umfeld bekommen die Kolleginnen der Reihe nach Kinder, die meisten erst nach der Heirat und knapp vor dem oder während des Einzugs in ein Eigenheim, das dann oft in Brandenburg steht oder dort, wo sie herkommen, in Stuttgart, Heidelberg, Bonn.

Wohin würde sie gehen mit Kind? Raphael würde sagen, raus aus Neukölln, wo er in einer WG lebt. Bestenfalls nach Dahlemdorf, wo er zur Schule gegangen ist und aufgewachsen. Er würde mit Ruhe und Natur argumentieren. Auf keinen Fall Wedding, würde er sagen. Aber Dahlemdorf? Dann würde aus dem Kind kein Kind von Huzur, das wäre eine andere Welt, mit einer Kindheit und Erfahrungen, das wäre Entfremdung zwischen Mutter und Kind. Mit dem Thema kennt sie sich aus, Entfremdung hat sie am eigenen Leib erfahren. Lange bevor sie was von Entfremdung gehört hatte. Sie ist in ihrer Familie die Erste, die die Uni besucht hat. Vater und Mutter kommen aus der Nähe von Bucak, die beiden waren sechs Jahre in der Schule.

Außerdem wäre das Kind in Deutschland immer auch ein türkisches Kind, und wie das ist, weiß sie auch genau. Und wie wäre es mit Bucak? Kleinstadt, gute Luft, Natur, Antalya mit Strand ist nicht weit, ihre Großfamilie, wenn auch ohne Eltern und Bruder. Außerdem müsste sie hier nichts erklären. Hier in der Türkei wäre ihr Kind einfach ein Kind. Aber hier könnte das Kind bald besser Türkisch als sie, Huzur könnte ihm mit nichts helfen, sie kennt das System hier nicht so gut wie in

17

Deutschland. Dann wäre ihr Kind die Siri in der Familie, so wie sie immer schon für Mutter und Vater übersetzte und Siri war. Hier in der Türkei ist Bildung teuer, Schulgebühren, Schuluniform, Bücher, Nachhilfe. Und dann die Inflation, die lässt den Warenkorb schrumpfen, frisst das wenige Geld auf, das man verdient. Und wo könnte sie überhaupt was verdienen? Vielleicht an einer deutschen Schule in der Türkei. Ach, das wäre alles schwierig. Aber vermutlich liegt die Schwierigkeit nicht am Ort, sondern an einem selbst.

Mal angenommen, Raphael wäre tatsächlich der Kindsvater, auch wenn sie noch nie darüber gesprochen haben. Das wäre fast unmöglich, er verdient immer noch kein Geld, ist von seiner Familie abhängig und spricht kein Türkisch. Wie oft hat er angekündigt, die Sprache lernen zu wollen. Aber dann war es doch nicht wichtig genug, und es bleibt bei einigen Floskeln, *çok güzel* oder *merhaba*. Außerdem kann sie ja Deutsch, wie praktisch. Ein Kind mit Raphael wäre ein Dauerkonflikt ohne Aussicht auf Lösung, auch wenn sie weiß, dass er immerhin seinen Anspruch auf Erziehungsurlaub voll ausschöpfen würde.

Sie weiß jetzt schon, sie würde nach dem Mutterschutz so schnell wie möglich wieder arbeiten. Zurück an die Schule. Vielleicht ein halbes Jahr Erziehungsurlaub würde sie sich gönnen, mehr nicht. Wenn sie länger bliebe, befürchtet sie, dass ihre Kolleginnen sagen würden, typisch Türkin, weil die sich immer für Kinder und Familie aufopfern. Wenn sie keinen Erziehungsurlaub nimmt, wäre sie eine verantwortungslose Mutter. Hinter jeder Entscheidung lauert für Huzur ein Urteil, eine Schublade, in die man sie reinzwängen würde. In jedem Fall will sie erst mal ihr Referendariat abschließen, bevor an ein Kind zu denken ist.

Heute Abend wird Huzur nach einem mehrwöchigen Zwangsurlaub wieder zurück nach Berlin fliegen. Dort arbeitet sie als Referendarin und ist nach der Sache mit dem Kopftuch, die sich kurz vor den Sommerferien ereignete, krankgeschrieben. Als sie aus Protest gegen die Äußerungen einer Kollegin mit einem Kopftuch im Lehrendenzimmer erschienen war, hatte eine Kollegin sie angesprochen: Es ist ein muslimisches Kopftuch. Du darfst es nicht tragen.

Klar darf ich es tragen. Nein, darfst du nicht. NEU-TRA-LI-TÄTS-GE-SETZ.

Ich scheiß auf eure Neutralität, hatte Huzur geantwortet, und der Wortwechsel war eskaliert. Am Ende hatte Huzur gesagt, ich kann nicht mehr, und brach in Tränen aus. Einige Kollegen und Kolleginnen versuchten zu vermitteln, und das verletzte Huzur noch mehr. Wieso fanden sie das diskussionswürdig? Alle im Raum wussten, dass Frau Müller rassistisch war. Huzur hatte ihre Sachen gepackt. Wimperntusche lief ihr über die Wangen, der Lippenstift verschmierte, als sie versuchte, mit ihrem Handrücken den Rotz aufzufangen, sie sah aus wie ein trauriger Clown. Am nächsten Tag stand in der Zeitung ›Eklat im Lehrendenzimmer wegen Kopftuch‹.

Die Schulleiterin erfuhr davon und rief Huzurs Hauptseminarleiter an. Der schrieb Huzur eine E-Mail und bat sie um ein Gespräch. Huzur las die Nachricht, als sie beim Arzt saß, um sich krankschreiben zu lassen.

Sie müssten unbedingt einen Termin vereinbaren, um über den Vorfall in der Schule zu sprechen. Huzur war noch nie so radikal gewesen, es hatte ihr noch nie so wenig daran gelegen, nicht aufzufallen, integriert zu wirken. Sie schrieb ihrem Seminarleiter, dass sie krankgeschrieben sei und sich melden würde, sobald es ihr besser ginge. Zurück in ihrer Einzimmerwohnung hatte sie sich die Zeit mit der Suche nach preiswerten Flügen nach Antalya vertrieben.

Huzur tastet mit den Händen nach dem Handy, das auf dem Boden neben ihrem Bett liegt. Eine Nachricht von Raphael, er wünscht ihr eine gute Reise. Er weiß nur, dass sie heute zurückfliegt, Flugnummer und Ankunftszeit hat sie ihm nicht geschrieben, sie will nicht am Flughafen abgeholt werden. Sie haben sich während der letzten Wochen geschrieben, er öfter als sie. Er zeigt Verständnis dafür, dass sie eine Auszeit von allem braucht, aber er will sie nicht verlieren. Raphael, der Langzeitstudent mit Eltern aus der französischen Schweiz, mit Eltern, die in Dahlemdorf wohnen. Er ist da, wo sie hinwill, in der Mitte der Gesellschaft, er stammt aus dem Randbezirk, wo die Menschen nicht aus Not leben, weil sie dorthin gedrängt worden sind, sondern weil sie die Mitte der Stadt satthaben. Will sie dahin? Und wenn ja, wird sie dort jemals ankommen? Während der vergangenen Wochen hatte sie Zeit, auch darüber nachzudenken.

Es gibt da ein Erlebnis in ihrer Kindheit, einen Einkauf bei Penny, der Huzurs Leben in ein Davor und Danach teilte. Er fand am gleichen Tag wie ein Elternabend statt, ein Wendepunkt mit Ankündigung. Ihr Vater Sadık war am Morgen jenes Tages beim Jobcenter gewesen, wo man mit ihm über seine berufliche Zukunft sprechen wollte. Er knöpfte die obersten Knöpfe seines Hemdes zu, obwohl ihm das die Kehle zuschnürte, und erkundigte sich bei einem Sicherheitsmann, wo er hinmusste. Der Mann ließ ihn nicht zu Ende reden und deutete auf die beiden Reihen von Wartenden. Er hätte die Wahl zwischen der rechten und der linken Schlange. Huzurs Vater holte den Einladungsbrief hervor, um ihm Datum, Uhrzeit und Raumnummer des Termins sowie die Sachbearbeiterin vorzulesen. Der Sicherheitsmann nahm ihm das Schreiben aus der Hand, las es, gab es ihm zurück und ließ ihn durch. Das alles hatte Zeit gekostet, und Huzurs Vater kam leicht verspätet in der dritten Etage bei seiner Sachbearbeiterin an. Die Tür stand bereits offen. Er komme drei Minuten zu spät, sagte sie anstelle einer Begrüßung. Drei Minuten, wiederholte sie. Sie empfehle ihm, in Zukunft eine Bahn vorher zu nehmen, um in Zukunft pünktlich zu kommen. Der Vater nickte. Die Sachbearbeiterin schloss das offene Fenster und wandte sich seinem Fall zu. Während sie redete, versuchte er einen Blick in die Akten zu erhaschen. Sie bemerkte das und rügte ihn dafür, das sei unhöflich, zumindest in Deutschland, fügte sie hinzu. Der Vater entschuldigte sich. Wie so oft hatte er das Gefühl, nichts richtig machen zu können.

Die Vorstellung, nach diesem Morgen noch einen Elternabend überstehen zu müssen, überstieg seine Kräfte. Und so ging er in die Moschee und nicht zum Elternabend. Schulter an Schulter mit anderen Männern, die das Leben hier unsichtbar gemacht hatte, vollzog er das Freitagsgebet. War Beten nicht auch eine väterliche Pflicht? Wenn er es im Leben schon nicht richten konnte, dann konnte es vielleicht Gott, hoffte er.

Danach verkroch er sich in die Teestube der Moschee, spielte ein wenig Billard, unterhielt sich auf der Holzbank mit anderen, schaute sich ein Fußballspiel auf dem neuen Flachbildschirm an. Irgendwann an jenem Abend trank er seinen letzten Tee, der so dunkel war wie der kalte Himmel draußen, nahm die Zuckerdose vom Kaugummiautomaten runter und trug sie mit dem Teeglas in die Küche. Zu Hause behauptete er, er habe den Elternabend völlig vergessen. Dafür hatte er überteuerte Litschis im libanesischen Laden al-Rima für die Familie gekauft, ein Liebesbeweis.

Huzurs Mutter, die Finanzministerin in der Familie, wurde wie immer wütend. Dafür hätte man das Dreifache an Äpfeln kaufen können, die man den Kindern mit in die Schule hätte geben können. Dort hätten die

Kinder in der kleinen Pause die gelb-roten Apfelstücke rausholen und vor der Lehrerin essen können. Dann hätte die Lehrerin denken können, sie seien gute Eltern, weil sie ihren Kindern täglich Gesundes zum Essen mitgaben. Sollten wenigstens die Kinder einen guten Eindruck machen, den sie mit ihrem Gewicht und dem starken Akzent nicht hinbekam. Sie selbst war nach der Arbeit noch einkaufen gewesen und hatte sich auf ihren Mann verlassen. Und so war am Ende wieder einmal niemand beim Elternabend gewesen, was, wie Huzur heute vermutet, in der Schule niemanden verwundert und alle Vorurteile bestätigt hatte.

Huzur erinnert sich an jenen Elternabend nur noch, weil sie sich an den Einkauf im Penny erinnert. Sie machte sich mit ihrer Mutter mit dicken Handschuhen, einem Beutel von der Herz-Apotheke und einem Einkaufstrolley auf den Weg. Sie passierten die Soldiner Straße, vorbei an dem Massagesalon mit Happy Ending und an Rebeccas Haus, das Huzur und ihre Freundin Sibel nie von innen sehen durften. Sie gingen vorbei an dem Schaukelspielplatz und dem Türkenspielplatz, auf dem sie und Sibel viel Zeit verbrachten.

Sibel, Spitzname Zwiebel, weil Leute, die Namen wie Tschaikowski und Wörter wie Evaluation aussprechen können, es bei ihrem Namen nicht schafften, zog Jahre später nach ihrem Realschulabschluss nach Istanbul. Dort konnte man ihren Namen aussprechen. Und sie versuchte beim Anblick von Zwiebeln im Supermarkt nicht an Deutschland zu denken. Das hatte sie Huzur später bei einer zufälligen Begegnung erzählt, bevor sie den Kontakt verloren. Immer wenn Huzur heute an Rebeccas Haus vorbeiläuft, fällt ihr ihre alte Freundin Sibel ein und wie viel Zeit sie dort, zwischen Beton, Blut und Graffiti, verbrachten.

Huzur ging gerne mit ihrer Mutter bei Penny einkaufen. Anders als beim Samstagseinkauf bei Bolu Market und Elfi, wo ihre Mutter Auberginen, Okraschoten, Paprika oder Sesampaste erstand, alles Dinge, die Huzur peinlich und langweilig fand, gab es bei Penny Waren, bei denen Huzur das Herz höherschlug. Beim Freitagseinkauf durfte sie sich immer eine Süßigkeit aussuchen, und wie immer fiel ihr die Wahl zwischen Gummizeug und Schokolade schwer.

Später an der Kasse legten Huzur und ihre Mutter den Einkauf so schnell es ging auf das Band, damit die anderen in der Schlange nicht so lange warten mussten. Huzur drückte sich an ihrer Mutter vorbei zum Ende des Einkaufsbands und legte die eingescannten Einkäufe zurück in den Einkaufswagen, während die Mutter zahlte. Alles war wie sonst, die Kassiererin grüßte sie nicht, sagte kein ›das macht so und so viel, bitte, in bar oder mit Karte?‹. Es wäre nett gewesen, dachte Huzur später manchmal, wenn man der Mutter ein Girokonto und eine dazugehörige Karte zugetraut hätte.

Nach dem Zahlen sah Huzurs Mutter, Geldbeutel und Kassenbeleg noch in der einen Hand, eine Bekannte aus der Koloniestraße, winkte ihr mit der anderen Hand zu, und die beiden plauderten wie üblich über die Kälte, den nächsten Türkeiurlaub und die Ticketpreise. Huzur war vor der Warenausgabe stehen geblieben und sah verträumt der Kassiererin zu, die die Waren der nachfolgenden Kundin einscannte. Unglaublich, wie sie mit flinken Fingern Rote Beete, Butter und Brot über den Scanner schob, immer einen Blick auf den Bildschirm vor ihren Augen gerichtet, und zwischendurch etwas eintippte. Huzur staunte. Und sie staunte auch, als sie hörte, wie die Kassiererin gleich zu Anfang laut sagte, Guten Tag, kurz war sie versucht, ebenfalls zu sagen, Guten Tag. Aber sie und die Mutter waren ja schon fertig mit dem Einkauf.

Nachdem Rote Beete, Butter und Brot direkt vor Huzur gelandet waren, nannte die Kassiererin einen Betrag, gefolgt von einem Bitte. Huzur blickte auf die Kundin, die ihre Geldbörse hervorkramte und Huzur, die wie angewurzelt vor der Warenausgabe mit den Einkäufen stand, kurz irritiert ansah. Huzur erwiderte ihren Blick. Die Frau war schlanker als die Mutter und hatte kurzes blondes Haar. Zum ersten Mal in ihrem Leben wurde Huzur bewusst, dass zwischen den Frauen ihrer Familie und der blonden, großen Kundin Niemandsland lag, etwas Trennendes, über das man niemals laut sprach, obwohl es immer da war. Es ging um sichtbare Unterschiede zwischen zwei Welten, um Kleidung, Sprache und Aussehen, und um Unsichtbares, wie das, was man in einer bestimmten Anzahl von Schuljahren lernen kann. Bei ihrer Mutter, das wusste Huzur, waren es sechs gewesen. Es ging dabei nicht um die Schuljahre an sich, die Verbindung mit einer Türkin machte es zu einer Kategorie. Sie beschloss in diesem Augenblick, sie wollte, wenn sie groß war, nicht auffallen wie die Mutter und von den Kassiererinnen dieser Welt ein Guten Tag, einen Betrag und ein Bitte hören. Die Kassiererin und ihren ungleichen Umgang konnte sie niemals ändern. Blond würde sie niemals werden, ihre Körpergröße konnte sie nicht beeinflussen, aber sie konnte lernen, so zu reden und gestikulieren wie die blonde Kundin. Die soziale Leiter aufsteigen war später das Bild, das ihre Umgebung dafür gebrauchte. Jedes Mal, wenn sie das hörte, fragte sie sich, wie oft sie unter dieser Leiter durchgelaufen ist. Huzur wollte aufsteigen.

Als Teenager bügelte sie ihre Haare auf dem Bügelbrett. Die Glätteisen taugten für ihre Haarstruktur nichts, und sie hätte sich ohnehin nie eines leisten können. Wenn das Brett gerade von der Mutter genutzt wurde, bügelte sie ihre Haare auf dem Boden oder auf einem Küchentuch. Ihre Freundinnen halfen. Die eine legte das Bügeleisen auf ihren Haaransatz und sagte ›zieh‹. Sie zog ihren Kopf weg vom heißen Bügeleisen, und gegen Ende verlangsamte sie das Tempo, denn die vom Spliss befallenen Spitzen waren besonders hartnäckig und ringelten sich immer wieder ein. Huzur schminkte sich kaum, betupfte ihr Gesicht mit Babypuder, um heller zu wirken, ging nicht mehr ins Solarium, erledigte ihre Hausaufgaben, notfalls noch auf der Busfahrt zur Schule, gab im Unterricht Handzeichen, statt reinzurufen, und saß freiwillig in der ersten Reihe. Die Drei in Sport und Deutsch wurde sie trotzdem nicht los. Sie glaubte an sich, aber das half nicht gegen die Macht der Zahlen, änderte ebenso wenig wie engagierte Diskussionen im Unterricht oder Nachverhandeln in den Pausen. Die Macht der Zahlen besiegte die Macht des Willens. Heute weiß sie, dass man in Deutsch und Sport keine Chance hat, wenn die Großeltern aus der Türkei und man selbst aus der Unterschicht kommt, von der behauptet wird, dass es sie nicht gibt. Aber damals gab sie sich nicht geschlagen und arbeitete so hart, bis sie auch in Deutsch und Sport ihre Zwei hatte. Sie kam vorwärts, auch wenn es ein Vorwärtskommen mit aufgeschürften Knien war. Doch die Kassiererin im Penny grüßte sie immer noch nicht.

Huzur spürt einen leichten Luftzug und schaut zur Tür. Die Cousine steht mit ihrem runden Bauch im Zimmer.

»Was willst du, abla?«, fragt Huzur und gähnt.

Adile hält Feigenblätter in der Hand. »Ich habe dir frische Feigen gepflückt. Eine Reihe Feigen und eine Reihe Feigenblätter, kannst du mitnehmen.«

»Aber wir haben in diesem Jahr dreißig Tage durchgehend jede Mahlzeit mit Datteln begonnen, du weißt, dass Papa Diabetiker ist.«

»Ja, Feigen sind aber gesund und keine Datteln!«, und

schon sind die Feigen zwischen Tomatenmark und Kopftüchern in Huzurs Koffer verstaut. Huzur ärgert sich.
Jedes Mal hat sie Übergepäck. Ich bin immer im Migra-
tionsmodus, sagt sie zu ihren deutschen Freunden auf
dem alljährlichen Fusionsfestival, wenn diese sich über
ihr vieles Gepäck lustig machen. Auf den Flügen zwischen Berlin und Antalya darf sie mittlerweile nicht mehr
wie einst 30 Kilo, sondern nur maximal 20 Kilo Gepäck
mehr aufgeben, obwohl sie diesmal über sechs Wochen
in der Türkei geblieben ist. Es hatte Beschwerden über
die Ungleichbehandlung von Almancıs und allen anderen
Fluggästen ohne Migrationsgepäck bei der alten Regelung
gegeben, daraufhin änderte die Fluggesellschaft ihre
Richtlinien. »Ihr könnt euer All-inclusive-Hotel, euer
Der-Imam-ist-in-Ohnmacht-gefallen nun mal nicht nach
Deutschland mitnehmen. Ich möchte hier aber was mitnehmen«, hätte Huzur den deutschen Touristen ohne Migrationshintergrund gerne gesagt. Nachdem sie auf dem
Hinflug kiloweise Geschenke für die Verwandten und
Nachbarn mitgebracht hat, ist eigentlich wieder Platz
im Koffer. Wie auf jeder Hin- und Rückreise heißt das
Nutella, Nescafé, Schwarztee, Sucuk und Nivea-Creme
gegen Feigen, Tomatenmark und andere Köstlichkeiten
auf dem Rückflug. Doch was verstehen Menschen, die
Tomatenmark aus der Tube essen, von meiner Not,
dachte sie sich.

Vielleicht wird es gar nicht so schlimm mit dem Übergepäck, trotz Adiles Aktion. Zwei Kilo wären okay. Sie

sieht deutsch aus und hat blasse Haut. Am Flughafen hat sie wie viele Deutsche ohne Migrationshintergrund und mit einem Studierendenausweis, gültig oder abgelaufen, ganz gleich, einen Fjällräven-Rucksack umgehängt und trägt eine Sonnenbrille, die sie nach der Beratung von einer sie duzenden Verkäuferin in Mitte gekauft hat. Und um noch weniger aufzufallen, hat sie ihre Haare bei ihrer Lieblingsfriseurin und Augenbrauenzupferin Hayat Kuaför, bei der es immer nach Bleichmittel riecht, in Antalya glätten lassen. Da werden die Mitarbeiter am Flughafen bestimmt ein Auge zudrücken. Für das Schmuggeln von Feigen und Tomatenmark ist sie seit dem sechsten Lebensjahr zuständig. Ihre Mutter mit Kopftuch, ihr Vater mit Bart und ihr Bruder mit seinem Brusthaar, das irgendwann aus allen Oberteilen rausschaute, mussten immer sofort Koffer und Taschen öffnen. Nur sie, klein und unscheinbar, schlüpfte durch die Kontrollen. Sie überstand auch in Deutschland die kritischen Blicke des Bodenpersonals und der Polizei. Keiner konnte ihr etwas vorwerfen, weder die Cousine in der Türkei noch die immerzu verdächtigen Eltern noch das Flughafenpersonal beider Länder. Sie machte ihren Job Huzur zu sein gut.

Huzur folgt ihrer Cousine auf den kargen Flur, der Schlaf- und Wohnzimmer miteinander verbindet. Sonst stehen hier oft volle Einkaufstüten, heute, am Festtag, ist der Flur leer. Der glatte Plastikboden ist so häufig und gründlich gescheuert worden, dass an einer Stelle mittlerweile der alte Holzboden durchkommt. Außerdem gibt es einen Läufer, über den schon viele Füße gelaufen sind, der schon viele Stimmen gehört und Geschichten gelauscht hat, ein stummer Zeuge. Der Läufer soll außerdem die Wunden des Bodens bedecken und trägt den Schweiß von vielen Füßen in sich. Die Fransen des Läufers liegen gerade, gestreckt wie Soldaten. Huzur ermahnt sich beim Gehen, nicht die scharfen Kanten um das Loch im Plastik zu vergessen, an denen man sich wehtun kann.

Das Wohnzimmer ist so sauber und aufgeräumt wie ein angespitzter Bleistift auf kariertem Papier. In der einen Ecke, zwischen zwei Sofas eingerückt, steht der kleine runde Tisch mit der Fernbedienung für den Fernseher, der tagsüber immer läuft. In der anderen Ecke, am Fenster, der Esstisch mit der Plastikdecke, der nur bei hohem Besuch oder besonderen Tagen gedeckt wird. Huzur setzt sich zu Adile an den Esstisch. Sie genießen die Zweisamkeit. Huzur spürt in ihrem Rücken die Bewegungen der Gardinen, die ihr bis zu den Schultern reichen. Die Gardinen stören sie nicht. Sie stellt sich vor, wie Staub oder ein Gardinenfaden auf ihre Schulter fällt, sich mit ihrer Haut verwebt und sie so ein Stück der letzten Tage für immer in sich tragen kann. Im Fernsehen läuft gerade eine dreistündige Sendung mit Heiratswilligen, die immer wieder von Werbung unterbrochen wird. Sie schauen beide kurz zu, und Adile verkündet, bis zu Huzurs nächstem Besuch werde sie lernen, wie man mit dem Mehmet-Efendi-Kaffee den Cold-brew-Kaffee macht.

Die Cousine, fällt Huzur jetzt erst auf, hat sich mittlerweile ihre Freitagskleidung angezogen. Der schwarze Şalvar mit den roten Rosen, dazu ein gelbes Oberteil. Die Farben Deutschlands. Ihre Cousine weiß das nicht, ebenso weiß sie nicht genau, wo Deutschland liegt. Sie fragt Huzur manchmal danach, vergisst es dann aber wieder bis zum nächsten Besuch. Weshalb sollte man auch wissen, wo ein Land liegt, das man aus Kosten- und Visumgründen nie wird besuchen können. Huzur überlegt, ob Adile sich mit dem runden Bauch einen neuen Satz Freitagskleider besorgt hat oder aus den alten so viel herausgelassen hat, wie die Säume und Nähte hergegeben haben.

Adile hat für sie das Frühstück vorbereitet. Es gibt heute nicht wie sonst im Teekessel gekochte Eier, Frühlingszwiebeln und Bergtee, sondern Oliven, Menemen, Yufkabrot und Feigenmarmelade. Huzur hat hungrige Augen und isst mehr, als sie muss, und ihre Cousine sieht ihr zufrieden dabei zu.

»Dir beim Essen zuzuschauen, werde ich vermissen, Huzurum.«

»Du könntest bei den Frühstücksweltmeisterschaften mitmachen«, sagt Huzur mit vollem Mund.

»Früher hat man Tagesarbeiter für die Felder Probe arbeiten lassen. Sie haben morgens um sechs mit der Arbeit angefangen. Bis um zehn. Dann gab es Frühstück. Frühstücken war die eigentliche Probe, denn auf dem Feld konnte man die Arbeiter schnell aus den Augen verlieren. Die Felder waren groß, die Ernte stand hoch. Die Arbeiter konnten sich verstecken. Beim Essen war das nicht möglich. Aßen die Arbeiter schnell, dann durften sie wiederkommen. Das Schnellessen war ein Zeichen dafür, dass man auch ein fleißiger Arbeiter war. Auf den Feldern habe auch ich das Schnellessen gelernt.«

Menschen, die vieles haben, Chancen und Geld, können sich oft Zeit lassen, hat Huzur festgestellt. Sie studieren länger, weil Geld keine Rolle spielt, sie können es sich erlauben, Praktika zu machen, weil sie keinen Beruf ergreifen müssen, sie können genussvoll langsam essen, weil sie in einer Umgebung sitzen, die dazu einlädt. Die Unerträglichkeit der Langsamkeit müssen nur die Unprivilegierten ertragen, die es immer eilig haben und sich die Entschleunigung nicht leisten können. »Vielleicht läuft mein Leben in Deutschland besser, wenn ich mein Leben verlangsame«, überlegt Huzur, »man hält mich für eine Frau mit Privilegien und begegnet mir so.« Sie will auf jeden Fall versuchen, langsamer zu essen, das ist ja auch gesünder, aber zugleich ist sie müde von den Strategien der Täuschung und Selbsttäuschung.

Adile trägt das Geschirr in die Küche. Obwohl sie schwanger ist, besteht sie darauf, dass Huzur ihr nicht hilft. Schließlich ist sie Gast hier. Und so bleibt sie allein im Wohnzimmer sitzen, und ihre Gedanken drehen sich um Deutschland. Deutschland, ein Land, mit dem Huzur, wenn es auf der Welt hundert verschiedene Gefühle gibt, tausend Gefühle zugleich verbindet. Sie hat dort alles stehen und liegen lassen, gerade so, wie wenn jemand während des Essens aufsteht, weil es an der Tür klingelt. So wie der Tisch in dem Moment auf dem Weg zur Tür aussieht, so sieht Huzurs Leben in Deutschland aus. Während der letzten Wochen hat ihr dieses Bild gefallen, jetzt macht es ihr Angst. Die Schule, das Referendariat, das klärende Gespräch mit der Schulleitung und ihrem Hauptseminarleiter warten auf sie. Ihre Eltern warten auf sie. Raphael wartet auf sie. Sehnsüchtig, das weiß sie. An Adiles Esstisch ist sie nach ein paar Minuten schon wieder ganz in Deutschland. Um sich abzulenken, greift sie zur Fernbedienung und zappt sich durch die Kanäle. Eine Talkshow über Babynahrung. Ein Experte erklärt gerade, Babynahrung könne Muttermilch nicht ersetzen. Auf einem anderen Kanal kommen Nachrichten, in Lara will man Syrern den Zugang zum Strand verbieten. Huzur hat das bereits auf Facebook mitbekommen. Sie schaltet wieder um und wechselt zur türkischen Version von Herzblatt. Die Heiratswilligen, Geschiedene, Singles, alte Rentner und junge Alleinerziehende zählen ihre Bedingungen für eine Bindung auf. Die einen wollen Geld, die anderen Autos oder Sonntagsspaziergänge Hand in Hand. Sie warten alle auf einer Tribüne darauf, endlich jemanden kennenzulernen. Hochkonzentriert blicken sie von dort aus auf die beiden, die vor der ersten Begegnung im Fernsehen durch eine Wand getrennt sind. Die Kamera, die Moderatorin und das Publikum schauen auf die Trennwand und das potenzielle Paar. Geht die Tür nach drei Minuten auf, nachdem das potenzielle Paar gesungen und getanzt hat, der Moderatorin Komplimente gemacht und Blumen überreicht hat, unterhält sich das potenzielle Paar einen halben Gebetsruf lang, dann muss eine Entscheidung getroffen werden.

»Elektrik aldınmı?« – *Konntest du Strom erhalten?* heißt es dann, und jeder versteht, ob es gerade gefunkt hat, ob da richtig gute Energien geflossen sind.

Huzur muss daran denken, wie sie bei ihrem letzten Türkeibesuch im Sommer vor drei Jahren die Hochzeit ihrer Kuhmelkfreundin Hasret besucht hat. Hasret hatte eine Haut, die weiß war wie Mascarpone, und hatte dementsprechend viele Verehrer. Hasret entschied sich am Ende für einen Jungen ohne Schulabschluss, aber mit einer unbefristeten Aufenthaltserlaubnis in Deutschland. Eine Importbrautexistenz wartete auf sie. Die Hochzeit dauerte drei Tage.

»Wenn du nicht kommst, rede ich nicht mehr mit dir«, hatte Hasret ihr geschrieben. Huzur nahm die Worte ernst und kam am dritten Tag des Hochzeitsfests dazu, als alles durch die beiden vorherigen Hochzeitstage bereits routinierter war, die Augenringe aller Beteiligten größer, dunkler und deutlicher wurden. Es waren 40 Grad, die 400 für drei Tage gemieteten Plastikstühle standen bereit, der Straßenboden wurde mit Wasser besprengt. Zum einen in der Hoffnung, der Staub würde sich in Grenzen halten, wenn Autos vor der Tür hielten, wenn die Erwachsenen hin und her liefen, Wassermelone und

Ayran servierten, tanzten, beteten, Geld und Geschenke gaben, ablehnten, gaben, annahmen. Zum anderen wusste man, dass Hitze im menschlichen Körper manchmal von den Füßen bis zum Kopf steigen kann, sich dort ansammelt und explodiert. In einer größeren Gruppe Menschen finden sich oft mindestens zwei solcher Hitzköpfe, und das wollte wirklich niemand, also kühlte man den Boden ab, in der Hoffnung, dass er wiederum die Luft und die Körper abkühlte.

Drei Musiker spielten auf ihren Langhalsgitarren, die Stereoanlage knackte häufig, Kinder liefen herum oder saßen und spielten mit den Smartphones ihrer Mütter. Die Deutschländer parkten ihre Autos vor dem Haus der Brauteltern. Die Mütter von Söhnen musterten die anwesenden jungen Frauen mit den Hochsteckfrisuren, die nicht nur aus Haaren, sondern neuerdings aus Kopftüchern bestanden. Die Mädchen liefen mit gesenkten Blicken und halfen abwechselnd fleißig beim Reis-, Salat-, Suppe- und Fleischservieren, um einen guten Eindruck bei den Müttern von Söhnen zu machen.

Im Verlauf des Abends schlugen die Mütter ihren Söhnen die jungen Frauen als zukünftige Ehefrauen vor, traten in Kontakt mit den Müttern der Töchter und informierten sich über die Familienverhältnisse der potenziellen Schwiegertöchter. Manchmal gab es aber auch Veni-vidi-vici-Söhne, die ihre Auserwählten ohne die Hilfe ihrer Mütter kontaktierten. Sie fassten kleine Jungen an ihren Ohren und beauftragten sie damit, einen

Zettel mit ihrer Telefonnummer an das gewünschte Mädchen zu übermitteln. Mal antworteten die Mädchen am gleichen Abend mit einer Ohrfeige. Mal antworteten die Mädchen mit einer Telefonnummer. Früher hatten die tatkräftigen Söhne ihre Angebeteten angerufen, und diese hatten das Handy klingeln lassen, die ersten Bande waren geknüpft. Vor drei Jahren stellte Huzur fest, dass die Ära des Klingelnlassens, was einfach das Ich-denk-an-dich-Vergiss-mein-nicht der Guthabenarmen war, vorbei war und durch Whatsapp-Telefonate ersetzt worden war.

Adiles Mann ist von der Moschee zurückgekehrt. Er setzt sich aufs Sofa und stellt den Fernseher leiser. »Huzur, möchtest du doch noch heiraten oder warum schaust du dir dauernd diese Sendung an?« Heute trägt er nicht wie üblich eine Jogginghose oder seine Arbeitskleidung aus alten T-Shirts, Hosen mit geflickten Knien und klemmenden Reißverschlüssen, sondern ein hellgrünes Hemd, dessen Ärmel bis zu den Ellbogen reichen. Huzur schaute Ali an, atmete aus und antwortete mit einem passiv-aggressiven Bildungsbürgerinnen-Lächeln »Kısmet«. »Kısmet? Kennst du Deutschländerin eigentlich den Unterschied zwischen Kısmet-Kader-Nasip?«, kontert Ali. »Warum redest du mit mir, während der Muezzin zum Gebet aufruft, kommst du aus Deutschland und weißt nicht, dass man dann nicht zu reden hat?«

Ali schüttelt lachend den Kopf und verlässt mit seinem

Glas Tee, das zu seinem elften Finger geworden ist, das Zimmer. Huzur ärgert sich über die Frage. In Deutschland konnte sie während des Studiums sowohl dem Heiraten als auch Fragen nach einer Heirat aus dem Weg gehen. Neugierige Fragen von Freundinnen ihrer Mutter, die ständig zum Teetrinken zu Besuch waren und Kısır aßen, konterte sie stets mit dem Hinweis, dass sie studiere. Diese nahmen das anerkennend zur Kenntnis und gestanden mit Petersilienresten zwischen den Zähnen, dass die Ehe auch nichts Tolles sei.

Ab dem zweiten Semester saßen Kommilitoninnen neben ihr, die ihr Weltbild ins Wanken brachten. Sie trugen Eheringe, nahmen die Nachnamen ihrer Ehemänner an und waren am liebsten nur noch zu zweit unterwegs. Sie hat das damals nicht verstanden und begreift auch jetzt Alis Frage nicht. Und wie können sich eigentlich Menschen, die offiziell in ganz unterschiedlichen Welten leben, in Ehe- und Fortpflanzungsfragen so einig sein?

Ali arbeitet am Stadtrand von Bucak in einer Zementfabrik. Seit Adiles Schwangerschaft versucht er so viel Überstunden zu machen wie möglich, um mehr Geld nach Hause zu bringen. Oft geht er abends noch einkaufen, weil sie sich schonen soll. Bucak ist eine Kleinstadt, eine knappe Autostunde von Antalya entfernt. Es gibt hier eine Universität, die wegen der niedrigen Lebenshaltungskosten auch Studierende aus Istanbul anlockt. Am Stadtrand wird der Marmor verarbeitet, für den die Gegend bekannt ist, und dort stehen auch die Zementfabriken, die der Landschaft ihre Farben geben, Beige und Grau, also die Farben der Arbeit und nicht der ländlichen Idylle mit guter Luft, sauberem Wasser und einer Atmosphäre, bei der man Lust bekommt, in eine frische Gurke zu beißen. Zement ist ein Bindemittel, und es erhärtet auch jene, die mit ihm in Berührung kommen. Auch Ali kann manchmal hart sein und auf seiner Meinung beharren, zum Beispiel beim Thema Geflüchtete, hat Huzur festgestellt. Das war ein Dilemma für sie. Sie wollte sich hier ausruhen und zugleich wollte sie sich nicht taub stellen, wenn er immer wieder nach unten trat. Das richtige Tun war hier wie eine Fernsehkanalsuche ohne Verbindungskabel. Sinnlos, ein Verzweiflungsakt.

Huzur geht zu Adile in die Küche, die mittlerweile mit dem Abwasch fertig ist und das Fleisch, das Ali eben mitgebracht hat, in Portionen sortiert, die sie an die Nachbarn verteilen wollen.

»Soll ich dir helfen?«

»Nein, nein, nein, es ist dein letzter Tag hier.«

»Bitte, du bist schwanger«, sagt Huzur.

»Gut, wenn du möchtest, kannst du mir jeweils die Tüte aufhalten.«

Vorsichtig lässt Adile Fleischbrocken in Plastiktüten gleiten und drückt die Luft heraus.

Dann machen sie sich auf den Weg.

»Zu welcher Familie gehen wir als Erstes?«

»Zu den Al-Aziz«, sagte Adile.

»Sind das die Neuen?«

»Ja, die sind vor einem Jahr gekommen. Der Mann ist ein Kollege von Ali, die Frau näht manchmal für Gül.«

»Deine Freundin?«

»Ja, hat sie mir unter der Hand erzählt. Sie will nicht, dass sich das herumspricht. Sonst kommt eine ihrer Kundinnen auf die Idee und beschwert sich.«

»Weil die Frau nicht gut genug näht?«

»Nein, weil sie Syrerin ist.«

Adiles Tonfall bleibt gleichmütig, Huzur spürt, wie ihr heiß wird. Sie erträgt derart leere Aussagen nur schwer, aber Diskussionen sind ermüdend, hat sie festgestellt. Sie macht sich Sorgen, solche Falschaussagen können zu einer richtigen Gefahr werden. Sie hat in der Presse über protestierende Lehrer gelesen, von Slogans wie »Wir sind hier keine Zeltstadt wie im Osten«, »Sehen wir aus wie UN-Lehrer?« oder »Die gehen doch wieder zurück, die sollen von ihren Landsleuten in ihrer Sprache nach ihrem Lehrplan unterrichtet werden« wurden tatsächlich abgedruckt. Eltern fanden ebenso Gehör, und ihre Forderungen gegen syrische Kinder an den Schulen ihrer Kinder wurden in Zeitungen abgedruckt.

Sie stehen vor einem alten baufälligen Mietshaus, auf den Balkonen hängt Wäsche auf den Leinen. Die weißen Gitter an den Balkonen sind gerostet, manche von ihnen sind regelrechte Abstellräume, andere leer und trostlos, man bekommt Angst, sie zu betreten und mit dem Beton und dem Gitter in die Tiefe zu stürzen. Huzur und Adile blicken an der Hausfassade hoch, auf einem Balkon im zweiten Stock steht ein Mann und raucht, er nimmt tiefe, hastige Züge und ist in Gedanken versunken. Adile geht ins Treppenhaus voraus, sie keucht leicht, während sie mit ihrem schweren Bauch die Stufen nimmt. Huzur trägt den Beutel mit dem Fleisch. Ihre Cousine klingelt an einer Wohnungstür im zweiten Stock, der Mann auf dem Balkon muss hier wohnen, überlegt Huzur.

Ein Teenager öffnet ihnen, Huzur blickt über einen winzigen Flur in ein Wohnzimmer und von dort geradeaus auf den Balkon. Dort steht der Mann von eben mit dem Rücken zu ihnen und raucht immer noch.

»Wer ist da, Fayez?«, fragt eine Frauenstimme.

»Die Nachbarin«, antwortet der Junge. Huzur vermutet, dass er um die vierzehn Jahre alt ist.

Die Frau kommt an die Tür und bleibt neben ihrem Sohn stehen. Adile reicht ihr die Tüte mit dem Fleisch. Huzur bemerkt, dass sie der Frau nicht in die Augen sieht.

»Danke«, sagt die Frau. Sie reicht Adile und Huzur die Hand.

»Kommen Sie doch kurz rein, ich mache einen Kaffee.«

Adile lehnt höflich ab.

»Die Frau macht einen ganz bedrückten Eindruck, was ist denn bei denen los?«, fragt Huzur leise, als sie wieder draußen vor dem Haus stehen.

»Die kleine Tochter ist seit ein paar Tagen verschwunden«, sagt Adile.

In der Wohnung schafft Fida es gerade noch, die Tüte mit dem Fleisch ihrem Sohn Fayez in die Hand zu drücken, dann werden ihr die Beine schwach, und sie lehnt sich gegen die Wohnungstür, legt die Hand auf ihr Herz und atmet schwer.

Manchmal ist die Erkenntnis, dass Zaynab seit Tagen verschwunden ist, wie eine Faust, die gegen Brust und Bauch schlägt, gezielte Schläge, die sie fast zu Boden werfen. Sie weiß nicht, wo das Mädchen ist, hat einen Verdacht, der sie quält, aber sie hat aufgehört, Fragen zu stellen, auf die sie keine Antworten bekommt. Mit Antworten, das weiß sie, könnte sie nicht mehr weiterleben an der Seite dieses Mannes, der Bescheid weiß, in dieser Wohnung, in der jeder Winkel sie an ihr Kind erinnert, in diesem Land, das Mitschuld daran hat, dass Zaynab nicht mehr da ist. Hier sind sie ungebetene Gäste, egal, wie sehr sie sich bemühen. Sie gehören für die Alteingesessenen zu der Sorte Gäste, die zu spät kommen, Gäste, die vor der Tür stehen und klingeln, wenn die Wohnung unaufgeräumt ist und man gerade die Füße hochlegen will, Gäste, die man lieber nicht im Haus hat, weil sie vielleicht nicht wieder verschwinden. Wenn sie Antworten auf ihre Fragen – wo ist Zaynab? Wie ist sie verschwunden? Wird sie wiederkommen? – kennt, kann sie nicht länger nur still und traurig und müde bleiben, kann nicht länger ihrem Mann eine gute Ehefrau, ihrem Sohn eine Mutter und der Mutter ihres Mannes eine gute Schwiegertochter sein. Und wurden sie am

Ende nicht alle verdroschen vom sogenannten Leben? Plötzlich überfällt sie eine tiefe Müdigkeit. Sie schleppt sich zum Sofa. In dem anderen Leben, das erst vor Tagen aufgehört hat, hätte sie darauf bestanden, die beiden Frauen auf einen Kaffee hereinzubitten. Aber dazu fehlt ihr jetzt die Kraft.

In ihrer Not hat sie an einem der ersten Tage versucht, sich an einem Aal festzuhalten und sich in ihrer Einsamkeit der Schwiegermutter anvertraut. Auch die Schwiegermutter war nervös, spürte sie, beide saßen sie auf dem Sofa, fuhren sich mit dem Saum, der ihre Fingerkuppen abdeckte, über ihre Münder. Sie blickten auf den Teppich mit dem Garten, der mehr Löcher als Blumen hat. Sie hörten das Ticken des Sekundenzeigers, die Uhr hatten die Vormieter zurückgelassen. Die Schwiegermutter schlug vor, Ayub Fragen zu stellen. Fida bedankte sich bei ihr, sie hatte das Gefühl, sie hielt zu ihr. Als Fida und ihre Schwiegermutter den Schlüssel im Türschloss hörten, standen sie auf. Auch Fayez war anwesend. Drei Augenpaare, die auf Ayub gerichtet waren und in seinem Gesicht nach Antworten suchten. Sie stellten ihre Fragen nach dem Verschwinden von Zaynab, wiederholten sie in verschiedenen Worten, als könnten sie damit seinen Antworten ihre Hoffnungen und Wünsche aufdrücken. Als könnte die Wiederholung die Vergangenheit, den Verlust rückgängig machen. Fayez hielt sich im Hintergrund, er war mit einem Mal das jüngste Familienmitglied. Er befürchtete, die Familie könne auseinanderbrechen. Die lauten Worte, die vor Wut und Verzweiflung geballten Fäuste der anderen machten ihn stumm.

Ayub hatte damit gerechnet, dass sie einzeln auf ihn losgehen, ihn mit Fragen bombardieren würden, aber jetzt konnte er ihren Blicken nicht ausweichen, also hielt er Ausschau nach seinen Hausschlappen und sagte: »Ich weiß es nicht, ich weiß nicht, wo sie jetzt ist.« Ayub ließ sich von Fida die Schlappen bringen und ging ins Bad. Als sie das Wasser gegen die Kacheln prasseln hörte, dachte sie bei sich: Du kannst dich nicht reinwaschen. Die Seife, das Wasser, du färbst auf sie ab.

Ein klein wenig Ablenkung, ein paar Augenblicke Ruhepause hat Fida einzig in der Nachbarin mit dem kleinen Baby gefunden, Ayub hatte es vor wenigen Wochen, als ihre eigene Kleine noch bei ihnen war, an der Tür wie ein Baywatch-Star aufgefangen, als es der Mutter fast aus der Hand fiel. Als die junge Mutter von Zaynabs Verschwinden hörte, fragte sie ein wenig bei den anderen Frauen im Haus herum, aber keine wusste was. Ihr war auch aufgefallen, dass sie Fida seit Tagen nicht mehr gesehen hatte, und Ayub, der Retter ihres Babys, auf dem Weg zur Arbeit wie ein Schatten aus dem Haus schlich. Also holte die junge Mutter ihren Mut raus, wie das Ersparte aus einer Spardose. Mit einem feuchten Kuchen, nach einem Youtube-Video hergestellt und auf dem Teller schön angerichtet, mit Kokosraspeln, die die schokoladig klumpige Maske verschönerten, klopfte sie an der Tür der Familie Al-Aziz. Ihr Baby hat sie der Schwiegermutter anvertraut. Fida, mit dunklen Ringen unter den Augen, das Gesicht bleich, öffnete die Tür. Keine stellte der anderen eine Frage. Uneingeladen, wortlos und wie selbstverständlich zog die junge Nachbarin ihre Latschen aus und setzte einen Fuß nach dem anderen in die kleine Wohnung der Familie Al-Aziz. Sie stellte den Kuchen auf den Tisch, Fida verschwand, um Kaffee zu kochen, und zusammen setzten sie sich in die Küche, außerhalb der Hörweite von der Schwiegermutter, die in Fridas Welt, wie in allen anderen Welten die schwierige, schwerwiegende Kronleuchte der Familie war. Dort unterhielten sie sich und fanden eine gemeinsame Sprache, die türkische Mutter und die syrische, die seit Neuestem halb verwaist war. Irgendwann bat die Nachbarin um die Erlaubnis zu gehen. Sie müsse für ihren Mann kochen und die über Nacht eingeweichten Kichererbsen zubereiten. Fida hatte der Besuch der Nachbarin gutgetan, der Kuchen hat ihr geschmeckt. Zum ersten Mal, seitdem ihre Tochter verschwunden ist, hat ihr etwas geschmeckt. Ein paar Tage später klopfte die Nachbarin wieder an der Tür. Ob Fida helfen könne, die Schwiegermutter sei gerade nicht zu Hause, und sie wolle ihr Baby baden. Fida freute sich, weil sie in den Augen der jungen Nachbarin eine erfahrene Mutter war, die wusste, wie man ein Baby badet. Eigentlich möchte sie von hier weg, gestand die Nachbarin nach dem Baden, aber jetzt hat sie in Fida eine Freundin gefunden und ist sich nicht mehr sicher. Sie bot Fida als Dank für die Hilfe einen Kaffee an. Fida lehnte ab. Aber am Tag darauf ging die Nachbarin mit dem Kleinkind zum Markt und kaufte eine Tüte mit Äpfeln, Quitten und Granatäpfeln, die sie Fida vor die Tür legte. An die Nachbarin und ihr Baby denkt sie auch jetzt, während sie sich auf dem Sofa erholt, der Gedanke ist wie eine Brücke in ihr Leben ohne ihre Tochter.

Fayez sieht seine gebeugte Mutter, seinen gebeugten Vater. Die Stille hängt in den Wänden der kleinen Wohnung, in der trotz aller Schwere etwas Leichtes, Frohes war, als Zaynab noch bei ihnen war. Manchmal holt Fayez das schwarze Haargummi mit dem Marienkäfer raus. Er zieht sanft daran. Eigentlich ist er mit vierzehn in einem Alter, in dem er sich von der Familie lösen müsste, in dem Alter, in dem er zerstören müsste, um aus dem Kokon auszubrechen, doch er spielt mit dem Haargummi seiner kleinen Schwester, versteckt es in der Tasche seiner dunkelblauen Hose, wärmt und beschützt es dort. Wie gerne hätte er ein Foto von Zaynab, oder wenigstens ein Bild, auf dem beide Geschwister mit dem Haargummi drauf sind, aber Fotos von ihnen gibt es nicht, die lästige Schönheit der Erinnerung, an das, was war, ist nicht in Bildern gebannt. Er bedauert es jetzt, dass er sich geweigert hat, als seine Schwester und ihre Freundin, die Nachbarstochter, mit ihm zusammen ein Foto schießen wollten. Aber er hat kein Smartphone, auf dem er sich und seine Schwester ansehen könnte, wann immer er will.

Und weil er seine Schwester so sehr vermisst, spielt

Fayez häufig mit ihrem Haargummi oder hält nach ihr im Schülerbus Ausschau, zwischen den anderen, die mit ihren Rucksäcken an die Fensterscheibe gepresst sind. Und wenn es regnet und er sich nach Feierabend, für den Schutz seiner Frisur, auf dem Weg nach Hause, für eine Weile an eine Bushaltestelle stellt, wo es keinen Fahrplan gibt und die Holzbank morsch ist und wo Fayez und sein Vater nur so tun, als würden sie mit den anderen auf den Bus warten, sieht Fayez seine Schwester. Immer wenn ein Regentropfen sekundenlang von der Decke des Bushäuschens hängt, bevor er sich schließlich löst, blickt er in den Tropfen und sieht seine Schwester. Einmal, als Verzweiflung ihn packte, stellte er seinen Vater, der ihm immer vorausläuft, zur Rede. Der Vater reagierte empört. Er sei der Vater, erinnerte er seinen Sohn, ohne ihn gäbe es weder Fayez noch seine Schwester. Beide Kinder seien ihm vom Rücken gefallen, seine Rückenschmerzen seien kein Wunder. Der Sohn solle ihm mit dieser Frage kommen, wenn er diesen Rücken mit all seinen Wirbeln und Weichteilen habe. Und wenn er gehen wollte, nein, wenn er gehen könne, dann möge er doch gehen. Und beide, Vater und Sohn, wunderten sich, wie Ayub sich durch eine Frage in Zündholz verwandelte, wie eine Frage in einem Mund Funken schlägt.

Vater Al-Aziz, Ayub, ist ein Mann wie jeder andere und ein Vater wie jeder andere. Er weiß das. Mittlerweile so schmal geworden wie der Bleistift eines Geschichtenschreibers, mit einem Kopf wie aus Blei. Er meidet seit

Neuestem Menschen, um das Menschliche nicht zu verlieren. Seine Tage ergänzt er durch die Nächte, denn der Mond bringt Licht wie die Sonne. Und als die Schlafstörungen so heftig werden, dass er nur noch drei Stunden pro Nacht schlafen kann, und es keine Grenze zwischen Tag und Nacht mehr gibt, geht er gleich nach der Arbeit gegen Abend los. Fida erzählt er, er mache sich nachts auf die Suche nach alter abgelegter Kleidung, nach allem, was sich waschen, flicken und verkaufen lässt. Doch eigentlich will Ayub nur eins: weit weg von der Stadt sein, ihren Lichtern, dem menschengemachten Sternenlicht. Er erträgt es nicht mehr, sich im Spiegel zu sehen, am liebsten hätte er eine Pause von seinem Schatten. Ayub erträgt nur noch das Geräusch seiner Schritte, auf dem harten, löchrigen Asphalt. Er ist Nichtschwimmer, aber bei Gott, hätte er gekonnt, er wäre nachts schwimmen gegangen, doch so kann er nur in das Dunkel eintauchen. Er läuft kreuz und quer, vorbei an einem Haus mit Hollywoodschaukel, knickt wohlduftenden Jasmin ab und zerreibt Minze zwischen den Händen, die in Mauerecken wächst. Autos kann man nicht in Hosentaschen stecken, nicht zwischen den Händen reiben und doch sind sie für Zaynabs Vater wie Blüten, sie sind nur Blüten mit Metallblättern, in deren Bauch man sich stundenlang aufhalten möchte. Zaynabs Vater hat überlegt, ob er sich solch eine Blüte zulegen sollte, um die Miete zu sparen, doch dafür ist die Familie zu groß und wie ein abgeschnittener Finger, ausgeblutet, tot, möchte er darin auch nicht allein leben. Also bleibt ihm nichts anderes übrig, als mit seinen Fingerkuppen an fremdem Autoblech entlangzustreifen und seine Spur zu hinterlassen. Hier an dem rot leuchtenden Murat, der nicht mehr hergestellt wird. Der Name Murat bedeutet Wunsch und Sehnsucht, vielleicht stillt ein Murat die Sehnsucht nach Zaynab. Vielleicht sitzt sie darin, müde, aber am Leben, angeschnallt oder nicht, ob im Kindersitz oder nicht. Oder dort das Auto der Şahin, was Falke bedeutet. Eine Frau steigt aus, zieht ihren Rock in die Länge, bändigt sich die Haare mit einem Gummi und läuft mit großen Schritten über das Mohnfeld Richtung Süleyman Demirel Boulevard. Und schneller als ein Greifvogel seine Beute an sich reißt, blinken die Augen des Falken. Im Wageninneren sitzt sein Kumpan Mustafa und schaut in den Rückspiegel. Mustafa knöpft gerade sein Hemd zu, der Zigarettenrauch hüllt sein Gesicht ein. Mustafa weiß über Ayubs Geheimnis Bescheid und hat ihn nicht aufgehalten. Ayub hat Schulden bei Mustafa und möchte nicht von ihm gesehen werden. Er ist sich dieser Tage nicht mehr sicher, wer Freund ist und wer Feind.

Ayub geht zwei Schritte nach links zur Straßenlaterne und versteckt sich dort hinter einer offenen Mülltonne. Am liebsten würde er die Tonne samt Inhalt auf seinen Schatten kippen. Doch er erträgt ihn, bis das Auto an ihm vorbeifährt, Angst und Staub zurücklässt, dann kehrt er zurück nach Hause. Vor der Haustür wartet ein Auto. Der Fahrer, ein Nachbar, lässt seine Frau mit dem Neugeborenen aussteigen und fährt weiter auf der Suche nach einem Parkplatz. Ayub geht hinter der Frau mit dem Baby zur Haustür. Während sie versucht, ihre Schlüssel in der Tasche zu finden, fällt ihr fast das Kind aus dem Arm und Ayub fängt das kleine Mädchen samt der weißen Decke geistesgegenwärtig auf. Er drückt das Baby an die Brust und muss an seine Tochter denken, seine schönste Zierde mit dem lebendigsten Lachen und Weinen, und wie er sie das erste Mal auf dem Arm trug. Das kleine Mädchen auf dem Arm zerschneidet ihm mit seinem Schreien das Herz. Und im nächsten Augenblick fällt ihm Fida ein, und er fühlt zum ersten Mal ihren Schmerz und ihre Sehnsucht mit, begreift, warum sie seit Zaynabs Abwesenheit lustlos und vage auf einfache Fragen antwortet. Die Mutter des Säuglings bedankt sich und nimmt ihr Kind zurück auf den Arm. Sie bittet ihn, niemandem von dem Vorfall zu erzählen. Zu Hause würde er am liebsten seinen Kopf in den Schoß seiner Mutter legen, doch er will keinen Trost erhalten, der Zaynab versagt ist. Er betritt die Wohnung, zieht seine Hausschuhe an, spürt die Schwere, zieht die Schuhe wieder aus und legt sich zu Fida. Und wie jede Nacht quälen ihn die gleichen Fragen: Wo ist Zaynab? Wie soll er bei Mustafa seine Schulden bezahlen, wie soll es überhaupt weitergehen?

Einmal am Tag ruft Mustafa seinen Kumpan Ayub an. Ayubs Handy klingelt, und während Mustafa mit dem Telefon am Ohr wartet, spielt er mit seinem Feuerzeug. Strippenzieher Mustafa hat seine Rede in Gedanken vorbereitet. Erst würde er Ayub nach seinem Wohlbefinden fragen, dann nach der Familie, nicht zu vergessen die Arbeit. Dann würde er zum wunden Punkt kommen. Wann begleicht Ayub seine Schulden? Er hat ihm Geld und Vertrauen vorgeschossen, würde Mustafa Ayub erinnern. Die kostenlosen Beratungsstunden, die Hand auf Ayubs Schulter, um ihn zu stärken, würde er nicht erwähnen. Jedes Geschäft muss neben dem Materiellen auch Immaterielles anbieten. Hoffnung ist Mustafas Betriebsgeheimnis.

Doch Ayub nimmt nicht ab. Und Mustafa, der Großzügige, ärgert sich. Mustafa hätte ihm sogar eine Ratenzahlung angeboten, so wie fast alle Geschäfte. »Die machen mich hier zum türkischen Roten Halbmond« sagt Mustafa oft. Aber um Bedürftigen zu helfen, braucht man selbst Unterstützung, von nichts kommt nichts. Auch er muss Miete zahlen und von etwas leben. Und er ist weder das Rote Kreuz noch der Rote Halbmond. Sein Leben als Alleinstehender, um das ihn die anderen Männer oft beneiden, ist kein Königsleben, er lebt allein und ist ganz anderen Gefahren ausgesetzt. Irgendwann verfasst Mustafa eine kurze Nachricht. Darin gibt er Ayub zwei Wochen Zeit, sonst wird er mal bei der Zementfabrik vorbeischauen, wo Ayub und Fayez arbeiten. Er hat keine Geduld mehr, er ahnt, er wird sein Geld nie mehr sehen, und sinnt auf Rache.

Ayub ruft vergeblich von der Arbeit, von der Toilette aus bei Mustafa an. Er will Mustafa mit seinen Worten massieren, ihn mit Hoffnung einreiben und vertrösten.

Ayub möchte Mustafa weichreden, bis der sich erinnert, dass er ein großes Herz hat und alle eine große Familie sind.

Nach der Arbeit schickt er seinen Sohn nach Hause. Fayez schaut ihn angstvoll an, er befürchtet, nach Zaynab könne jetzt auch sein Vater verschwinden, spurlos untergehen. Ayub möchte nicht, dass Fayez mitbekommt, dass sein Vater zum Vorgesetzten geht. Vielleicht kann er um ein bisschen mehr Lohn bitten, das ist gewagt, aber er will es versuchen. Eine andere Idee hat er nicht. Das nächtliche Lumpensammeln bringt nicht genug ein. Doch der Chef macht ihm mit einem Blick von seinem Schreibtisch aus klar, dass er nicht daran denkt, ihn ausreden zu lassen, geschweige denn, seiner Bitte Folge zu leisten. Und Ayub tritt unverrichteter Dinge den Rückzug an. Am übernächsten Morgen ruft der Chef Ayub an, der noch auf dem Weg zur Arbeit ist. Eine Beförderung wird nicht der Grund sein, weiß Ayub. Du brauchst nicht mehr zu kommen, hört er seinen Chef am anderen Ende der Leitung sagen. Ayub ahnt, wem er die Kündigung zu verdanken hat. Nicht seiner Courage von vorgestern Abend. Ayub hat ihn am Vortag im Büro des Chefs sitzen sehen, nur von hinten, aber er ist sich sicher. Mustafa arbeitet schon seit Langem nicht mehr in der Zementfabrik, aber mit dem Chef versteht er sich immer noch gut. Es geht um eine offene Rechnung, und eine Rechnung muss man irgendwie irgendwann begleichen. Ayub hat Mustafa nur von hinten gesehen, den Mann, vom dem er dachte, er wäre sein Freund. Spätestens jetzt ärgert sich Ayub, dass er zu scheu war, um sich den anderen anzuschließen, dass er so eingleisig gefahren ist, nur mit Mustafa Zeit verbracht hat. Dass er kein Netz hat, noch nicht mal ein so dünnes wie ein Spinnennetz. Nicht falsch verstehen, er möchte sich nicht in das Netz legen wie in eine Hängematte, aber er hätte sich dann vielleicht Geld ausleihen können, nach dem Schneeballprinzip, alte Schulden mit neuen Schulden begleichen können. Ayub ärgert sich über sich selbst, er kann sich das Gespräch zwischen Mustafa und dem Chef vorstellen: Sie tunkten Salbei in das heiße Wasser, gut für den Hals, saßen breitbeinig, nach hinten gelehnt und entspannt und genossen den Salbeitee. Mustafa, der Nachrichtensprecher, warnte, man müsse wirklich aufpassen, wen man sich so ins Haus holte. Wer bei sich zu Hause Familienmitglieder verliere, der werde auch auf Arbeit einen Sack Zement oder vielleicht gar den Verstand verlieren. Der Chef unterbricht: Sprichst du von Ayub? Al-Aziz? Ja, seine Tochter, die Kleine, die ist seit Tagen weg. Der Chef blickt aus dem Fenster auf bleiches, verdorrtes Grün. Irgendwas an Mustafas Behauptungen ist sicher wahr. Und offenbar sind sie nicht länger beste Freunde. Das Kind tut dem Chef leid. Ayub tut ihm nicht leid. Er hat ihm Arbeit gegeben, und wie zahlt er sein Vertrauen zurück? Er sieht Mustafa an und nickt, und der nickt zurück. Man ist sich einig. Gerade ist eine offene Rechnung bezahlt worden.

Huzur und Adile ziehen mit ihren Gaben weiter zu Gül, Adiles Freundin. Die zehnjährige Tochter Melek öffnet ihnen die Tür. Sie betreten die Wohnung. Adile umarmt Gül, sie gratulieren einander zum Fest. Huzur schließt sich den Umarmungen an. Melek hat derweil die Tüten mit Fleisch in die Küche getragen und sitzt wieder vor dem Fernseher.

»Willst du Huzur und Adile nicht zum Fest gratulieren und ihnen die Hände küssen?«, fragte Gül ihre Tochter. Melek sagt nichts, steht steif auf und geht widerwillig auf die beiden zu. Gül, zart und zerbrechlich wie eine Rosenblüte, entschuldigt sich für Melek.

»Mein kleiner Engel, sie ist niedergeschlagen wegen ihrer Freundin. Ihr wisst ja, Fidas Tochter …«, erklärt sie leise. Melek küsst brav jeweils die rechte Hand von Huzur und Adile. Die beiden küssen ihre Wangen. Dann kehrt Melek mit ausdruckslosem Gesicht zu ihrem Platz auf dem Sofa zurück, und die drei Frauen setzen sich an den Esstisch in der anderen Ecke des Zimmers. Adile erkundigt sich nach der Familie Al-Aziz, erklärt, dass sie dort gerade Fleisch hingebracht haben. Gül atmet lange aus und schüttelt ratlos den Kopf. »Fragt nicht, fragt nicht.« Huzur nimmt den Satz ernst und entschuldigt sich und sagt, Gül müsse nicht darüber reden. Adile beruhigt Huzur, das sagte man doch einfach so. Sie erzählt, wie ihre Tochter und die Tochter der Familie Al-Aziz sich angefreundet haben. Melek bestand darauf, mit Zaynab zur Schule zu gehen, und bald konnte die Kleine Türkisch. Gül schüttelt verwundert den Kopf. »Ihr Gehirn arbeitete wie Gift.« Huzur nickt, in diesem Alter lernen Kinder recht schnell eine fremde Sprache. »Und der Mutter habe ich angeboten, mich beim Nähen zu unterstützen«, fährt Gül fort. »Das bleibt aber bitte unter uns, denn hier hat niemand die eine Hand in Butter, die andere in Honig getaucht.«

»Und dann?«, fragt Adile ungeduldig, die nicht lange auf dem harten, dünn gepolsterten Stuhl sitzen kann.

»Dann war die Kleine auf einmal weg. Das hat sich natürlich wie ein Lauffeuer rumgesprochen. Vor ein paar Tagen stand ich mit Hatice und den anderen im Treppenhaus, und wir haben wieder mal hin und her überlegt. Vielleicht hat man sie jung verheiratet und zurück nach Syrien geschickt, oder man hat ihr ein Organ entnommen und verkauft, oder vielleicht hat sie die Möglichkeit bekommen, nach Europa zu gehen, zu irgendeiner Tante.« Gül erinnert sich beschämt, dass Fida in dem Moment, als sie aufgeregt tuschelten, den Hausflur heruntergekommen und vermutlich vieles mitbekommen hat, so gut ist ihr Türkisch mittlerweile. Sie hielt die Augen niedergeschlagen, und Gül wollte sich im ersten Augenblick entschuldigen, dann hat sie es nicht fertiggebracht. »Bekanntlich braucht man für eine Behauptung fünf Zeugen, das hat schon unser Prophet gesagt, sein Name sei gesegnet«, sagt Gül jetzt. Seitdem kommt Fida nicht mehr zum Nähen. Gül sagt mit einem Blick auf ihre Tochter, niemand solle im Diesseits so geprüft werden wie diese

Familie. Huzur hört schweigend zu. Gül möchte sie zum Kaffee einladen, aber Huzur und Adile sagen, sie solle sich keine Umstände machen, doch Gül besteht auf ihrer Einladung.

Melek wendet sich vom Fernseher ab, als ihre Mutter den Kaffee auf einem Tablett hereinbringt. »Ich möchte auch welchen«, sagt sie. Gül ermahnt ihre Tochter, wer Kaffee trinkt, der wird dunkel wie Kaffee. Doch Melek gibt nicht auf. Sie deutet mit einer Kopfbewegung auf Huzur. »Huzur ist doch auch nicht dunkel.« Adile erklärt: »Das ist ja meine Deutschländercousine. Das ist was anderes.« Melek lehnt sich frustriert zurück. »Sagt man das tatsächlich immer noch?«, kommentiert Huzur. Gül und Adile werfen einander einen komplizenhaften Blick zu, sie sind keine Hinterwäldlerinnen, heißt das, Huzur kann hier ruhig die Moderne spielen, sie haben andere Probleme. Huzur kann Sätze wie diesen, die früher ihre Mutter bei Gelegenheit losließ, nicht mehr hören. Am liebsten möchte sie dann auf Durchzug schalten, denn Protest, das hat sie erfahren, ändert nichts.

Huzur und Adile bitten um Erlaubnis zu gehen, Gül habe sicherlich viel zu tun. Gül verneint höflich. Die beiden stehen auf. Sie verabschieden sich auch von Melek. Adile sagt, sie solle nicht traurig sein wegen der Freundin. Gottes Wege seien unergründlich. »Auf, auf, meine moderne Cousine, hadi, wir müssen weiter«, sagt Adile und sie und Gül lachen ein bisschen zu laut. Zuletzt gehen sie zu Mustafa, dem Junggesellen, von dem man munkelt, er habe gute Verbindungen und könne alles besorgen, gegen gutes Geld natürlich.

»Ein Mann ohne Familie, das hat immer seine Gründe, eigentlich möchte ich nicht zu ihm, aber an einem Tag wie heute …« Mustafa öffnet die Tür.

Im Hintergrund hören sie Müslüm Gürses, Mustafa monologisiert: »Müslüm Baba. Ich bin auch euer Baba, auch wenn ich keine Kinder habe.« Müslüm Baba sei ein Baba ohne Kinder und deswegen der Baba aller jungen, armen Menschen. Er sei die Stimme der Marginalisierten und sogar seine fröhlichen Lieder klängen traurig. Richtiger Arabesk. Er sagt, er habe sich vorgenommen, nicht mehr im Dunkeln seine Musik zu hören, die rote Glut seiner Zigarette sei in dem Moment der einzig leuchtende Punkt im Raum. Das wolle er aber nicht mehr machen, denn wenn er wieder das Licht anschalte, wäre sein T-Shirt voller Löcher und sowie voller Asche und er müsse es waschen. Er wirkt jugendlich, seine Haare glänzen vom Gel. Er wirkt überrascht, als er Huzur und Adile vor seiner Tür stehen sieht. Adile wirft neugierige Blicke in die Wohnung, in der die Gardinen geschlossen sind. Sie weiß von Ali, dass Mustafa nicht mehr in der Zementfabrik arbeitet. Sie fragt vorsichtig, ob er schon eine neue Arbeit gefunden habe. »Endlich bin ich dem Hornissennest entkommen«, sagt er lebhaft. »Die Bezahlung ist mies, aber unsereins bezahlen sie noch schlechter. Ich arbeitete, als wäre keiner da außer mir, als gäbe es keine Vergleiche. Ich verzichtete auf Pausen, ich wischte mir

Schweiß und Staub von der Stirn, aber holte dabei nie tief Luft und atmete leise aus. Und ich habe tatsächlich eine neue Arbeit gefunden.«

»Und was machen Sie jetzt?«, fragt Adile. Mustafa deutet auf den dunklen Bildschirm seines Smartphones.

»Schwarz wie die Kaaba und genauso heilig. Um dieses Gerät dreht sich jetzt mein Leben, die Anrufe kommen und gehen, Schwester.« Mustafa machte eine Handbewegung, und die beiden Frauen treten näher. »Wisst ihr, warum die Nase zwischen den Augen ist? Warum Gott unser Gesicht so kreiert hat? Damit das rechte Auge nicht dem linken Auge vertraut und blind wird. Das gilt natürlich auch umgekehrt. Ich vertraue niemandem.« Ach, nein?, denkt Huzur bei sich. Und wie machst du deine Geschäfte? Adile fragt sich, wie man allein mit einem Handy so viel Geld verdienen kann, dass es zum Leben reicht. Vielleicht sollte sie mal mit Ali darüber reden, vielleicht kann auch er die Arbeit in der Zementfabrik aufgeben. Mustafa ist und bleibt ein Fremder, für Ali müsste es doch viel einfacher sein. Sie lächelt Huzur aufmunternd zu, und sie beide halten Mustafa die Tüte mit dem Fleisch hin. Er bedankt sich. Die beiden Frau merken, dass er ziemlich allein ist und wohl deswegen so gesprächig.

Bald darauf ist es Zeit für den Aufbruch zum Flughafen. Nur Ali wird sie begleiten, Adile bleibt diesmal zu Hause, um sich zu schonen. Huzur besteht wie immer darauf, sich nicht von allen Verwandten zu verabschieden, und sie will auch nicht auf der Fahrt zum Flughafen begleitet werden. Sie will das Land so verlassen, wie sie früher morgens das Haus verlassen hat, um in die Schule zu gehen. Ein Ich-komme-später-wieder-Abschied. Aber ihre Abreise hat sich natürlich herumgesprochen, und Onkel, Tanten, Cousinen, Cousins, Ehefrauen, Ehemänner, Kinder und Familienfreunde haben sich in Adiles Haus versammelt, sitzen im Wohnzimmer vor dem Fernseher, häkeln, spielen mit den Sonnenschutzgardinen oder legen ein Nickerchen im Sitzen ein. Huzur umarmt ihre Cousine mit beiden Armen, merkt, wie feucht ihre Hände werden, und hält sich am Kopftuch der Cousine fest. Sie klopfen sich gegenseitig auf ihre Schultern, räuspern sich. Es ist ein Abschied wie jeder Abschied, auf unbestimmte Zeit.

Auf dem Weg zur Haltestelle des Dolmus kommen sie am Haus der Nachbarin vorbei. Huzur hat ihre Kühe in der Kindheit immer mit Wassermelonenschalen gefüttert. Die Nachbarin weiß wie immer über Huzurs Abfahrt Bescheid, obwohl ihr niemand das Datum und die Uhrzeit der Abreise gesagt hat. Sie wartet an ihrer Haustür und schüttet einen Eimer Wasser hinter den beiden aus, um den Weg für die Reisenden frei zu machen, und wirft Huzur mit ihrer rissigen Hand Luftküsse zu. Dann laufen sie an dem Haus des Deutschländers vorbei, der neuerdings seine Wohnungen nur noch an Syrer vermietet. Er sagt immer wieder, in der Fremde ist alles schwierig und beschwerlich. Ich weiß, wovon ich spreche. Vor dem Haus hocken Kinder, sitzen Frauen und haben ihre Babys mit Tüchern an die Brust gewickelt, sie essen Sonnenblumenkerne, sprechen und lachen laut. Von der Fassade bröckelt der Putz, sie sieht aus wie trockene Lippen im Winter. Die Kinder spielen mit Steinen und Olivenkernen. Eigentlich wie im Prenzlauer Berg, denkt Huzur, nur mit weniger Schein und mehr Trauma. Nach sechs Minuten Gehweg, der nicht auf Google Maps zu finden ist, nähern sie sich der Straße der Wohlhabenden. Man erkennt sie an den Blutflecken auf dem sandfarbenen Boden. Das Blut formt Streifen, Pfützen und Tränen. Hier kann es sich jeder leisten, ein ganzes Tier zu schlachten. Sonst teilen Familien sich ein Tier, wie bei Huzurs Cousinen und Cousins.

Ali und Huzur merken, dass sie spät dran sind, und rennen zum Dolmuş. Ali winkt von Weitem dem Fahrer zu, und der wartet noch eine Weile an der Haltestelle, an der es keine Sitzplätze gibt, dafür trockene Sträucher und leere Flaschen. Im Kleinbus müssen sie stehen, halten sich aneinander und an den Lehnen der Sitze fest. Huzur blickt nach vorne. Bislang hat sie sich nicht getraut, auf dem Beifahrersitz Platz zu nehmen, wo sonst Ältere oder Vertraute des Fahrers sitzen. Sie wäre sogar dazu bereit, ein wenig mehr zu zahlen, nur um einmal vorne einzusteigen, mehr Platz zu haben und sich mit dem Fahrer zu unterhalten. Heute wäre es besonders schön, denn heute gibt es in der Ablage, wo sonst nur

Münzen liegen, auch ein paar Bonbons. Darüber hängt ein blaues Auge, das wie ein verrücktes Pendel in alle Richtung schwingt, so wie die Körper der beiden es im Stehen tun.

Der Dolmuş hält, was sein Name verspricht. Er ist voll. Drei junge Männer mit Stoffhosen, gestreiften Hemden und Seitenscheitel machen den beiden Platz. Eine Frau steigt an der nächsten Haltestelle ein. Der Busfahrer sagt, mit der Sonnenbrille habe er sie nicht erkannt, sie sähe heute aus wie Sophia Loren. Sie fahren an terrakottafarbenen TOKI-Hochhäusern vorbei, deren Zimmer nicht größer als Streichholzschachteln sein können. Die Häuser sind umgeben von einer künstlichen Grünfläche mit einem Spielplatz in quietschigen Farben und stehen in Reih und Glied. Sie berühren einander nicht, so wie sich Ali und Adile auf ihrem Hochzeitsfoto nicht berühren, das eingerahmt neben dem Fernseher steht und auf das Ali regelmäßig blickt und immer wieder seiner verlorenen Haardichte nachtrauert. Die Häuser sind vom Staat für die Armen gebaut worden, sie sind vor allem praktisch, hoch und alle nach dem einen selben Bauplan errichtet. Sie könnten als Vorlage für Computerspiele herhalten. Nur die Nationalflaggen, die auf den verschiedenen Stockwerken aus den Fenstern gehängt werden und von Weitem wie einzelne Augen aussehen, müssten dafür entfernt werden. Im Eingang des Häuserblocks ist das Zeichen der TOKI-Häuser abgebildet, ein Baum in der Mitte, umkreist von blauen Punkten. Sie sieht, wie Ali beim Anblick dieser Häuser die Stirn runzelt. Weder er noch Adile würden ihr Haus, das von Alis Vater im Schatten der Bäume neben den Tomatenplantagen gebaut wurde und weit entfernt von der nächsten Bushaltestelle liegt, jemals gegen eine Wohnung in einem TOKI-Haus tauschen.

»Nicht mal auf den Bus habe ich so lange gewartet wie auf dich«, steht an einer Leitplanke neben »Meine Lieblingsfarbe ist Blau. Wie Atatürks und deine Augen«. Die Gegend erinnerte Huzur an regnerischen Tagen an das Märkische Viertel, an sonnigen Tagen wie diesen fühlt sie sich beim Anblick der Häuser wie in Florida. Der Fahrer ärgert sich lautstark über die Raser, schließlich kämen doch alle bei der roten Ampel an. Ali stupst Huzur an: »Mal schauen, ob unsere Tramlinie, die zum Flughafen fährt, schneller fertig ist als euer Flughafen in Berlin.«

Der Dolmuş hält am zentralen Busbahnhof in Antalya mit den unzähligen Reisesouvenirgeschäften, Busunternehmen und der lauten Geräuschkulisse, wo sich auch an diesem Tag Gepäckträger, Touristen, Buchstände und müde Backpacker tummeln, dazwischen Kartons mit ausgelaufener Feigenmarmelade und Eimern, die vergeblich darauf warten, Regenwasser aufzufangen. Von dort geht es weiter mit dem Flughafenbus. Der Bus fährt pünktlich aus dem Bahnhof ab, der geometrisch zusammengewürfelt aus einem Hauptgebäude in Blitzform mit Pyramidendach besteht und alle zwanzig Meter ein kreisför-

61

miges Loch aufweist, was jeweils beste Aussichten auf die Stadt bietet. Im Bus sitzen viele deutsche Touristen, stellt Huzur wieder einmal fest. Deutsche, die im Urlaub den Almancı-Kindern sagen, wie gut sie Deutsch können. Deutsche, die türkischen Apfeltee kaufen und denken, die ganze Türkei würde diese pistaziengrüne Brühe trinken. Deutsche, die mit Goldketten und Bikinis auf den Straßen zu sehen sind, mit langen Extensions und die den Urlaub für ein Schnäppchen halten und die, erst in der Türkei angekommen, von Einheimischen informiert werden, dass der Monat Ramadan begonnen hat. Deutsche, die nach 20 Jahren in der Türkei nicht mehr als »Çok güzel« sagen können. Sie alle sitzen braun gebrannt neben Touristen aus Großbritannien, Russland und Polen und fahren wie Huzur mit dem Bus zum Flughafen. Huzur überlegt, wie sie die Deutschen am Flughafen vermeiden kann, um ein bisschen länger in ihrer eigenen Stimmung, noch ein bisschen in der Türkei, zu bleiben. Schließlich hat sie im Laufe der Wochen immer länger geschlafen, lief langsamer als in Berlin, erstellte nicht täglich To-do-Listen auf ihrem Handy. Sie wurde hier entschleunigt. Doch vor allem fühlte sie sich hier auch an öffentlichen Orten weniger beobachtet. In öffentlichen Verkehrsmitteln oder mit der Cousine auf dem Markt oder beim Eisessen konnte ihre Zunge ihre Sprache rollen, ohne dass sich jemand zu ihr drehte und sie anschaute, als hätte sie jemanden beleidigt. Huzur ahnte, die Begegnungen mit den Deutschen am Flughafen von

Antalya, dem little Germany, würden unschöne, jahrelang angestaute Erinnerungen wecken, und ihre Stimmung würde kippen wie ein See. Sie schließt die Augen
und empfindet bereits Sehnsucht nach dem nervigen
Muezzin vom Morgen.

Huzur blickt auf den Boden, sobald sie vor der Abflughalle angekommen ist. Der Augenkontakt mit Ali könnte
sie zum Weinen bringen, und das möchte sie vermeiden.
Ali, eher wie ein älterer Bruder, mit dem sie nicht immer
einig ist, als ein angeheirateter Schwager, legt seinen
Daumen auf Huzurs Kinn und den Zeigefinger darunter,
er hebt ihren Kopf und zwingt sie zum Augenkontakt.

»Seitdem du hier angekommen bist, hast du uns nie
ordentlich umarmt. Du hast viele Hände geküsst, aber
immer nur mit einem Arm umarmt. Umarme uns mit
zwei Armen und gib uns zwei Küsschen. Adile ist nicht
hier. Also muss ich auch ihren Teil von dir bekommen
und weitergeben.«

Huzur würde gerne erklären, dass sie bis zum Beginn
ihres Studiums immer ihre Mitschülerinnen so begrüßte.
Küsschen links, Küsschen rechts. Manchmal auch Küsschen links, Küsschen rechts, Küsschen links. Am letzten
Schultag Umarmungen mit zwei Armen. Im Studium
passte sie sich den anderen an, und aus den Umarmungen wurden halbe Umarmungen, und die Wangenküsse
fielen ganz weg. Dann lernte sie Maries und Sophies kennen, die schlanker waren als sie, Birkenstock-Sandalen
trugen, die ihre Kleidung secondhand kauften, aus femi-

nistischen Gründen ihre hellen Achselhaare wachsen ließen und aus schweren Glasflaschen tranken. Montags vor den Seminaren fragten sie, ob man Vegetarier oder Veganer sei und wie man das Berghain fände. Studierende, die die Frage »Wie geht's dir?« vermieden und lieber nach dem Wochenende fragten. Huzur passte sich an. Sie behauptete, Vegetarierin zu sein. Sie empfand das nicht als Lüge, es war eine Wahrheit mit Augenzwinkern. Immerhin aß sie kein Schweinefleisch. Sie behauptete, im Berghain ginge gar nichts mehr, es wäre voller Touris. Dabei fühlte sie sich den Touris näher als den zugezogenen Deutschen, mit denen sie Tag für Tag in den Seminaren saß, mit denen sie in der Mensa aß und in der Grimm-Bibliothek Hausarbeiten schrieb. Maries und Sophies das zu erklären, dass sie da eigentlich ungerne hinging, weil sie wusste, ihre türkischen Brüder kämen da genau so wenig rein wie syrische Geflüchtete, und dass sie diesem Moloch aus Solidarität fernblieb, wäre zu mühsam gewesen. Sie waren privilegiert genug, um an individuelle Erfahrungen zu glauben.

Ali hat in der Zwischenzeit das Gepäck auf dem Wagen abgestellt und wartet mit offenen Armen auf Huzur. Sie reden beide durcheinander, weil sie sich noch viel zu sagen und zu diskutieren haben, und eigentlich ist es viel zu früh für einen Abschied. Ali läuft zurück zur Haltestelle, Huzur bleibt stehen, um ihre Kopfhörer zu entwirren. Sie will gar nicht unbedingt Musik hören, sondern sich Zeit nehmen, bis der Druck auf ihrer Brust nachlässt. »Yar dönecekmisin?« *Geliebte, wirst du zurückkehren?* Ein Auto fährt vorbei, aus den Fenstern ertönt laut die gesungene Frage. Ali, schon am Gehen, dreht sich noch einmal zu Huzur, und sie sehen einander ein letztes Mal in die Augen, und sie wissen es beide. Da wurde noch jemand von seiner Familie nach Deutschland verabschiedet.

»Sie haben Übergepäck, habe ich gesagt. Ich verstehe Sie leider nicht. Können Sie das bitte wiederholen?«, fragt die Flugbegleiterin bei der Gepäckabgabe, als Huzur an der Reihe ist und fragt, ob das Flugzeug sehr voll ist. Huzur versucht, am Flughafen in ihrem besten Hochtürkisch zu kommunizieren. Ihren Yörük-Dialekt verstehen die meisten Flughafenmitarbeiter nicht und interpretieren den Dialekt als Akzent. Schließlich fliegt sie von Antalya aus nach Deutschland. Welche Einheimische würde das schon machen? Nicht einmal von ihrem Pass lässt sich das Bodenpersonal beirren. Sie ist und bleibt eine Deutschländerin. »Ich sehe das doch. Ich fühle das doch. Ich weiß das doch«, würde man sagen. Huzur wiederholt höflich ihre Frage. »Es ist egal, wie voll das Flugzeug ist. Sie haben Übergepäck. Sie dürfen nur 20 Kilo mitnehmen. Wie alle anderen auch!«, wiederholt die Flugbegleiterin. Huzur überlegt, was sie machen könnte, um weder auf die Mitbringsel zu verzichten noch für das Übergepäck bezahlen zu müssen. Sie nickt mit offenem Mund, als hätte sie erst beim Wiederholen des Satzes verstanden, was man von ihr möchte. Dankend lehnt sie die Gepäckaufgabe ab und teilt mit, dass sie ihre Verwandten anrufen wird, damit sie ein paar Sachen abholen.

Früher konnte man hier auch einfach einen anderen Reisenden mit dem gleichen Ziel bitten, etwas von dem eigenen Gepäck zu übernehmen. Doch seitdem eine deutsche Reisende ihrer Freundin Gepäck mitgab und man Drogen fand, ließ sich niemand mehr darauf ein. Nur Dokumente für Visumsanträge, um ein Familienmitglied in Deutschland besuchen zu können, die nimmt man noch mit. Da kann keiner ›Nein‹ sagen, denn alle kennen die Sehnsucht nach den geliebten Menschen.

Auch in umgekehrter Richtung, von Deutschland in die Türkei, konnte man angesprochen werden, um zum Beispiel die Ehefrau eines auf den ersten Blick Unbekannten nach Antalya zu begleiten. Das ist Huzur auf einem der letzten Flüge passiert. In der Abflughalle vom Flughafen Tegel, eine Blechhütte für Billigflüge, legte ein hochgewachsener Mann mit einem Mal seine Hand auf ihre rechte Schulter und beugte sich leicht zu ihr runter. Huzur nahm die Kopfhörer ab, drückte bei Spotify auf Stopp. Auf ihrem Display waren die nackten Hintern der drei Podcaster von ›Yavrum, Deutschland‹ zu sehen. Hätte Huzur spargelweiße Haut gehabt, man hätte ihre Schamesröte gesehen. Huzur wollte in diesem Moment

ihre Ruhe haben. Doch als Berlinerin in dritter Genera-
tion und mit einem türkischen Migrationshintergrund ist
die Wahrscheinlichkeit, am Flughafen auf Bekannte zu
treffen, größer, als das Abitur unter weddingschen Lebens-
umständen zu bestehen.

»Merhaba. Gesegneten Freitag«, sagte der Mann zu
ihr. Da erkannte sie ihn wieder. Huzur hatte sich einige
Tage zuvor mit ihrer Mutter am Leopoldplatz getroffen,
vor der Kirche, auf dem Platz, auf dem sich Menschen so
vieler Nationen versammeln wie bei Sitzungen der UN.
Weddinger sitzen hier und unterhalten sich, beobachten,
ärgern sich, trinken Alkohol, essen Pommes, schieben
Einkaufswagen mit Möbeln von der Straße hin und her.
Manche leben hier, mit einer Decke, mehreren Tüten und
einem misstrauischen Blick. Huzurs mageres Referen-
dariatsgehalt und das Hitzefrei an jenem Mittag waren
die Argumente ihrer Mutter für das Treffen gewesen, zu
dem ihre Mutter Weinblätter mitbrachte. Dort verfolgte
Huzur während des Treffens eine Polizeikontrolle mit,
bei der sie einschritt.

Drei Polizisten blieben in Hörweite von ihr und der
Mutter vor zwei jungen Männern stehen. Die Männer
sahen zu ruhig aus für Menschen, die die Polizei rufen.
Sie sahen auch zu ruhig aus für Menschen, die vor der
Polizei flüchten. Ausweiskontrolle, sagte einer der drei.
Huzur wurde unruhig, ihr Magen fing an, Geräusche
von sich zu geben, ein guter Vorwand, um aufzustehen.
Etwas Bewegung sei gut für die Gesundheit, sagte sie

zur Mutter. Beide wussten, es war ein Vorwand, der sich so anhörte, als wäre er ein nicht mehr ganz so frisches Pflaster aus einem Erste-Hilfe-Koffer. Die Mutter warf ihr den »Wehe«-Blick zu. Huzur ignorierte den Blick, den sie gut kannte, und ging zu der Gruppe. Die Polizisten standen immer noch vor den beiden Männern aufgepflanzt. Huzur stellte sich zu den Rädern der jungen Männer.

»Was machen Sie hier?«, fragte Huzur.

»Ist ein Rad von Ihnen?«, fragt einer der Polizisten.

»Wie kommen Sie darauf, dass es mir gehören könnte? Ich bin gerade dazugekommen.«

»Was wollen Sie dann hier? Noch so eine, die in ihrem Leben nie arbeiten musste.«

Huzur merkte, dass sie in eine Ecke gedrängt wurde und ihr eine Rechtfertigung auf der Zunge lag, die sie unbedingt loswerden musste. Sie konnte nicht anders. Sie dachte an ihren Vater, an ihren Bruder und ihre Freunde, die an der Stelle der beiden Männer vor den Polizisten sitzen könnten.

»Sie waren bestimmt noch nie in ihrem Leben von Racial Profiling betroffen«, sagte sie lächelnd zu dem Polizisten und marschierte hoch erhobenen Hauptes zu ihrer Mutter zurück. Die Mutter unterhielt sich mittlerweile mit einem Unbekannten, der die Szene offenbar verfolgt hatte. Das habe sie richtig gemacht, sagte er, und wie stolz Huzurs Mutter und er in dem Moment sein könnten, man dürfe sich hier in Deutschland wirklich nicht alles gefallen lassen. Huzur, innerlich immer noch in Fahrt, schaute den Onkel mit hochgezogenen Augenbrauen an und ergriff die Gelegenheit wie einen Schlagstock. Töchter wie sie gäbe es nur, weil Eltern ihnen Freiheiten gaben wie hier in Deutschland. Der Onkel lachte und blickte in die Ferne, als sei am Horizont eine Vergangenheit voller Fehler zu erkennen.

Als sie dem Onkel am Flughafen wiederbegegnete, schluckte sie wegen der drei nackten Hintern auf ihrem Display und schaute auf seine Frau, die neben ihm stand. Der Onkel vom Leopoldplatz druckste ein wenig herum und versuchte sich in Small Talk. Dann rückte er mit seinem Anliegen heraus: Ob Huzur seine Frau in die Türkei begleiten könne. Er müsse arbeiten. Seine Frau spreche kein Deutsch, lesen könne sie leider auch nicht. Am Flughafen in Antalya würden die Verwandten sie abholen. Die Parkmiete am Flughafen Tegel koste pro Minute so viel wie ein Döner, schob der Onkel nach, bevor Huzur Luft zum Reden geholt hatte. Und weg war er. Seine Frau stand immer noch an der gleichen Stelle und sah Huzur treuselig an. Huzur dachte an die Male, die ihre Mutter alleine flog, und an ihre Berichte von den hilfsbereiten jungen Leuten, die ihr Gepäck vom Band nahmen, die ihr sagten, wo sich hinzusetzen hatte und wo sie entlanglaufen musste. Huzur war diesen Menschen sehr dankbar, aber sie hatte keine Nerven, um sich um diese fremde Tante zu kümmern. Huzur wollte fliegen wie auf allen anderen Strecken, flog sie nach Barcelona oder nach Amsterdam, saß sie auch alleine und anonym im Flugzeug. Huzur ging mit der Tante so um, wie deutsche Sachbearbeiterinnen auf der Ausländerbehörde mit ihr umgingen. Wenig Augenkontakt, Sätze im Imperativ, kein Körperkontakt. Die Wörter deutlich ausgesprochen, mit langen Pausen dazwischen.

»Immer mir nach. Und hinter mir bleiben.«

Im Flugzeug wollte sich die Tante neben sie setzen.

»Schau auf dein Ticket. Da drüben. Falls was passiert, Gott möge uns beschützen, aber man weiß ja nie«, sagte Huzur und zeigte mit dem Finger in Richtung Sitz. Nach der Landung folgte die Tante Huzur durch den Flughafen.

Beim Anstehen vor der Passkontrolle wollte die Tante mit einem Mal unbedingt noch mal kurz auf Toilette. Sie hätte ihre Tage, und ihr Neffe hole sie ab. Es sei eine lange Fahrt nach Denizli, und sie könne ihm unmöglich sagen, dass sie eine Pause einlegen müssten, um die Binde zu wechseln. Einmal raus aus der Schlange, komme man schwer wieder rein, erklärte Huzur ihr genervt. In der Türkei fand die Tante ihre Sprache und ihr Selbstbewusstsein wieder. »Deine arme Mutter«, sagte sie, »die kann einem leidtun mit so einer komischen Tochter, kein Wunder, dass sie dich allein losgeschickt haben.« Die gemeinsame Reise endete an dieser Stelle. Huzur atmete nur auf und dachte bei sich: endlich frei.

Huzur steht jetzt mit ihrem Übergepäck ein wenig verloren am Flughafen. Was du nicht ändern kannst, das sollst du akzeptieren, denkt Huzur bei sich. Wie so oft sucht sie nach einem Ausweg. Sie öffnet ihren Koffer. Sie verteilt Übergewichtiges wie Quitten und ein paar Handvoll Nüsse an die Reinigungskräfte und an all jene, die sich weder an diesem Tag noch an einem anderen Tag ihres Lebens das Fliegen leisten können. Am Ende hat sie nur noch ein paar Feigen von Adile in der Tasche. Das muss reichen. Huzur beschließt zurückzukehren. Sie stellt sich wieder ganz hinten in die Schlange für Berlin-Tegel.

ZWEITER TEIL

BERLIN

Yere bakan, yürek yakan, denkt Huzur, während sie mit ihrem Gepäck die Ankunftshalle des Flughafens Tegel durchquert. Wer den Blick senkt, der zündet Herzen an. Der Refrain eines bekannten Songs von der Grande Dame des türkischen Pop. Aber hier schauen alle zu Boden. Entweder haben sie bereits alle Herzen gebrochen, oder sie verbinden die Augen, die die Spiegel des Herzens sind, nicht mit angezündeten Herzen und haben nicht das Bedürfnis, die Augen mit ihren Wimpern zu verschatten und auf den Boden zu blicken. Auch gut, denkt Huzur. Niemand schaut sie an, niemand wartet auf sie, das hat sie so gewollt. Sie ist sich gerade nicht sicher, ob sie das immer noch will.

Sie bleibt stehen, stellt ihren Koffer ab, streift die schwere Reisetasche von der Schulter und wühlt in der Handtasche nach ihrem Handy. Als sie es einschaltet, sieht sie, dass Raphael ihr kurz vor dem Abflug eine Nachricht geschickt hat. »Höre gerade ›Le vent nous portera‹. Denk an dich. Alles klar mit deinem Flug? Was ist mit dem Übergepäck passiert? Bisous.« Sie freut sich, antwortet aber nicht, sondern lässt das Handy wieder in die Tasche gleiten und setzt ihren Weg fort.

Kurz darauf steht sie in der Flughafentoilette und betrachtet ihr Spiegelbild. Mein Leben besteht mittlerweile nur aus Lügen, geht es ihr durch den Kopf. Tagelang habe ich meine Mutter angelogen und gesagt, dass ich zur Arbeit gehe, dass ich nicht so lange telefonieren kann, weil ich so viel zu tun habe, dass ich deswegen auch nicht samstags wie sonst immer zum Frühstück kommen kann. Ich bin in die Türkei geflüchtet und habe dort behauptet, alles läuft gut in Deutschland. Wenn mich hier jetzt jemand fragt, wie es in der Türkei war, werde ich behaupten, schön war es. Dabei habe ich mir dort den Kopf über mein Leben zerbrochen und weiß immer noch nicht weiter. Ich tue so, als wüsste ich, was ich mache, und wäre mir sicher, dass es das Richtige ist. Ich tue so, als käme ich mit jedem klar, dabei bin ich eine Einzelgängerin. Ich tue so, als hätte ich es geschafft. Dass ich nicht lache, was habe ich denn geschafft? Eher bin ich erschaffen in den Köpfen der Menschen.

Mit jedem Tag wird die Kugel aus Lügen größer, und das Ersparte für Notflüge in die Türkei, falls jemand aus der Familie im Sterben liegt, ist in den letzten Wochen geschrumpft. Zwar hat sie ihre Wohnung für einige Zeit untervermieten können, aber ein Flugticket in die Türkei, das sie nicht wie sonst lang im Voraus, sondern in letzter Minute buchen musste, war nicht im Budget eingeplant. Sie ist noch krankgeschrieben, aber die Schule wird sich in den nächsten Wochen bei ihr melden, da ist sie sicher, und sie wird sich zu dem Vorfall äußern müssen. Man wird eine Stellungnahme von ihr verlangen, da ist sie sicher, vielleicht sogar eine Entschuldigung. Kopftuchgate, nennt sie die Angelegenheit bei sich. In manchen Augenblicken hat sie in den letzten Wochen schon daran gedacht, alles hinzuschmeißen. Einfach aufzuhören mit dem Referendariat. Wie auch immer, noch mal flüchten kann sie nicht.

Hastig hält Huzur im Waschbecken ihre Arme bis zum Ellenbogen unter den Wasserhahn, die Tränen landen im Waschbecken. Sie hofft, das kühle Wasser wird die Hitze löschen, die sie am ganzen Körper spürt. Im Spiegel bemerkt sie die Reinigungskraft. Ihre Blicke treffen sich. Huzur grüßt die Frau mit einem Kopfnicken und lächelt, sie hat das Gefühl, sie sei ihr was schuldig, wischt hinterher die Wassertropfen am Beckenrand weg und hebt fremde Papierklöpse vom Boden, die um den Eimer verstreut auf dem Boden liegen, um sie mit ihrem Papiertuch hineinzuwerfen.

Als sie an der Bushaltestelle steht, ist es kurz vor zehn. Die Luft ist frisch, und Huzur kramt in ihrer Reisetasche nach einem Pullover, sie muss sich nach jeder Reise an die Berliner Kälte gewöhnen, die man sich in Bucak nicht ausmalen kann, wenn man bei mehr als dreißig Grad im Warmen sitzt. Während sie zwischen Klamotten und Mitbringseln wühlt, sieht sie aus dem Augenwinkel den

Bus eintreffen, hört das scharfe Zischen der Türen beim Öffnen, konzentriert sich wieder auf die Pulloversuche. Kurz darauf dringt eine empörte Männerstimme an ihr Ohr: »Raus mit dir, hörst du, jetzt ist Schluss mit Freifahrten. Raus.«

Den Pullover, nach dem sie gesucht hat, noch in einer Hand, blickt sie auf und sieht, wie der Busfahrer ein Mädchen buchstäblich auf die Straße setzt. »Glaubst du, ich hätte nicht gesehen, dass du dich versteckt hast? Entweder du kaufst eine Fahrkarte wie alle anderen oder du verschwindest! Verstanden?«

Das Mädchen blickt ihn verständnislos an, setzt sich auf den kalten Boden, mit dem Rücken gegen den Ticketautomaten gelehnt. Es zieht die Beine fest an die Brust und umschlingt sie mit den Armen. Huzurs Blick fällt auf die zerschlissenen Schuhe. Es ist das Erste, was sie von dem Kind bewusst wahrnimmt. Zwei zerschlissene Schuhe, aus denen die Füße herauswachsen. Zwei Schuhe, die älter aussehen als das Mädchen. Zwei Schuhe, die mitgenommen aussehen, wie das Mädchen. Dazu im Hintergrund noch immer die böse Stimme des Fahrers, der sich nur langsam beruhigt. Er sagt immer wieder, sie sollen zurückgehen, wo sie herkommen. Huzur kennt diese Anrede im Plural zu gut. Es ist nicht der Pluralis Majestatis. Sie weiß auch, der Fahrer weiß nicht, wo das Mädchen herkommt.

Das Mädchen kratzt sich heftig am Kopf und lässt ihn wieder auf die angewinkelten Knie sinken. Huzur sieht nur die kräftigen Haare, die an Glanz verloren haben.

»Jetzt halten Sie doch endlich Ihren Mund«, fährt sie den Fahrer an, der rauchend an der offenen Bustür steht. »Wir haben's alle gehört.«

Der Fahrer sieht sie verblüfft an, wirft mit einer heftigen Geste die halb gerauchte Zigarette zu Boden und steigt wieder in seinen Bus. Huzur wartet darauf, dass er den Motor anwirft. Sie wird auf den nächsten Bus warten, so viel ist sicher, mit diesem Typen fährt sie nicht. Aber der Fahrer hat sich nur hinter seinem Steuer verschanzt, er denkt gar nicht daran wegzufahren. Huzur überlegt kurz, ob sie durch die offene Tür ein paar Dinge klarstellen soll, aber dann lässt sie es sein und sieht wieder das Mädchen an, das immer noch auf dem Boden sitzt.

Erst jetzt bemerkt sie die bloßen Arme, die aus einem T-Shirt herausschauen, das mal weiß war. Der Kleinen ist kalt, deswegen sitzt sie so zusammengekauert da. Wahrscheinlich hat sie auch deswegen ein paar Runden im Bus gedreht, um sich aufzuwärmen. Sie lässt ihren Blick an der Bushaltestelle streifen, an der außer ihr und dem Mädchen noch zwei Leute warten, die auf ihre Handys schauen. Regentropfen glitzern im gelben Schein der Straßenbeleuchtung, dahinter ist es düster, der Sommer ist weit weg. Vielleicht sind die Eltern des Kindes in der Nähe, und sie hat sie nur nicht bemerkt, vielleicht waren sie auch im Bus, sind früher ausgestiegen und kommen jeden Augenblick atemlos angelaufen. Sie dreht sich um, in Richtung der Drehtür zur Flughafenhalle, schaut weiter zum Currywurststand. Da ist niemand, der sucht. Dann geht sie auf das Mädchen zu. Erst stellt Huzur keine Fragen. Doch Münder sind keine Säcke, die man zubinden kann. Sie weiß selber nicht, wer sie ist: Ich bin die, die nicht von hier und nicht von dort ist. Ich spreize meine Beine zu einem Spagat zwischen zwei Stühlen und versuche, die Stühle auf diese Weise näher zu rücken, bis ich gerade auf ihnen stehen kann.

Meine Antworten füllen meinen Mund, reizen meine Stimmbänder, ich schlucke sie wie Mundwasser und manchmal spucke ich sie zu einem Spiegel für mein Gegenüber aus. Ich bin die, deren Fragen weitere Fragen nach sich ziehen und die ihre Augen offenhalten muss. Schließe ich sie, wird mir schlecht vor dem Spiegel, öffne ich sie, wird der Anblick der Welt mir zum Übel. Ich bin die, die gebären soll und bereut, geboren worden zu sein.

Das kleine Mädchen macht um das Fragen eine Kurve wie um einen Unfall auf der Autobahn. Sie hat Angst vor dem, was Huzur ihr sagen könnte und noch viel mehr Angst hat sie, dass Huzur sie fragen könnte: Wer bist du? Ich bin die, auf die man herunterblickt. Ich brauche eine Hand, um meine Hand zu geben. Ich weiß nichts, ich ahne alles. Ich bin die, von der man sich trennt, weil man mich liebt. Denn die schönste Liebe ist aus der Ferne. Ich, das Kind, stecke in allen Köpfen ungeboren als

Punkt eines Fragezeichens. Ich lebe, seit ich meine Heimat namens Gebärmutter verlassen habe, im Exil.

»Ist dir kalt?« Keine Reaktion. Der Kopf ruht weiter auf den Knien, und sie kann das Gesicht nicht sehen. Ihr ist kalt, merkt Huzur, und zieht sich ihren Pullover über.

»Verstehst du mich?« Huzur beugt sich zu dem Kind. Eine kleine Hand kratzt wieder ausgiebig im Nacken und hinter den Ohren. Läuse, fährt es Huzur durch den Kopf, die Kleine hat Läuse.

Als wieder keine Antwort kommt, übersetzt sie ihre Frage auf Englisch, dann auf Französisch, schließlich stellt sie sie auf Türkisch.

»Üşüdünmü?« In Berlin kommt man mit Türkisch eigentlich weiter als mit Französisch, und trotzdem ist ihr die Muttersprache als Letztes eingefallen. Schade, denkt sie und beißt sich auf die Zunge.

Bingo. Das Mädchen blickt kurz auf und nickt. Huzur schaut sekundenlang in ein kleines Gesicht mit Augen, in denen nichts zu lesen ist. Nicht Angst, Trauer, Verzweiflung, Einsamkeit, Abweisung, Hass. Einfach nichts. Als hätten die Augen mit dem Leben abgeschlossen, hätten alles gesehen, was es zu sehen gibt, und das war's. Ein versiegter Blick. Huzur ist darüber so erschrocken, dass ihr nicht sofort ein nächster Satz einfällt.

Dann stellt sie die einfache Frage: »Wie heißt du?« Eigentlich möchte sie auch nicht weiter nachfragen, vielleicht erfährt sie dann irgendwas, was sie weiter aufwühlt. Aber Huzur sieht, niemand sieht dieses Kind gerade, außer ihr.

Das Mädchen flüstert etwas, das Huzur nicht versteht.

»Wie? Ich habe dich nicht verstanden.«

»Hiba«, sagt das Mädchen, diesmal hörbar. Huzur geht vor dem Kind in die Hocke, damit sie auf gleicher Augenhöhe sind.

»Wo sind deine Eltern?« Huzur ärgert sich über ihre Formulierung. Sie weiß, Erziehungsberechtigte müsste sie sagen. Und weil das Mädchen mit dem Wort nichts anfangen kann vermutlich, hätte sie fragen müssen, wo die sind, die für sie verantwortlich sind, wo Eltern, Geschwister, Verwandte, Nachbarn und Vater Staat sind. Das Mädchen lässt schweigend den Kopf zurück auf die Knie fallen. Huzur bemerkt, dass es leicht zittert. Wieder kramt sie in ihrer Tasche, jeder ihrer Pullover wird dem Kind, das sie auf zehn Jahre schätzt, zu groß sein, also sucht sie den wärmsten heraus und hält ihn dem Kind hin.

»Zieh dir den über«, sagt sie. »Dann wird dir bald wärmer.«

Das Kind löst sich aus seiner Körperhaltung und lässt sich beim Anziehen helfen. Der Pullover reicht ihm bis zu den Knien, Huzur krempelt, so gut es geht, die überlangen Ärmel auf. Hiba versinkt in dem Kleidungsstück, sie wirkt noch verlorener. Huzur überlegt, was sie jetzt machen soll. Der Bus ist gerade abgefahren, die beiden anderen Wartenden sind offenbar eingestiegen, jedenfalls sind sie verschwunden. Sie wirft einen Blick auf ihr Handy, halb elf. Hiba steht vor ihr, als habe weder sie diesen Ort gesucht noch dieser Ort sie gefunden. Huzur bemerkt allerdings, dass sie ihr verstohlen Blicke schenkt.

»Hast du Hunger? Durst?« Sie hat noch eine angebrochene Flasche Wasser im Rucksack und Kekse. Das alles hält sie dem Kind jetzt hin und bedeutet ihm, sich wieder zu setzen. Das Mädchen nimmt zögerlich einen ersten Schluck, dann einen zweiten und trinkt schließlich in großen Zügen, bis die Flasche fast leer ist. So macht es das auch mit den Keksen, ein zaghafter erster Biss, und immer hastiger verschwindet ein Keks nach dem anderen.

Gut, das Wichtigste wäre erledigt. Hiba friert nicht mehr und hat was im Bauch, denkt Huzur. Und jetzt? Sie blickt auf das Mädchen, das mittlerweile die Beine ausgestreckt hat und ein wenig entspannter wirkt. Sie geht im Kopf die Optionen durch, die sie jetzt hat: Sie kann das Kind mit zu sich nach Hause nehmen und sich morgen überlegen, wie es weitergeht. Sie kann zurück ins Flughafengebäude gehen und sie dort bei der Polizei abliefern. Sie kann ohne Hiba in den nächsten Bus steigen und sich damit trösten, dass sie so viel geholfen hat, wie sie konnte, und Hiba ihrem Schicksal überlassen. Die letzte Möglichkeit ist tabu, beschließt sie sofort. Die zweite unmöglich. Sie wirft wieder einen Blick auf Hiba, die sich wieder ausgiebig am Kopf kratzt. Sie stellt sich kurz vor, wie sie das Kind einem Polizeibeamten überlässt. Ein schlechter Witz und wie bei allen schlechten Witzen hat es was mit Verletzlichkeit zu tun. Huzur vertraut der Polizei nicht. Sie hat ihr nie vertraut. Hiba braucht eine warme Dusche und frische Kleider, so viel ist sicher. Und etwas gegen den Juckreiz. Huzur graut bei der Vorstellung, eine Laus könnte auf ihre langen Haare überspringen. Einmal hat sie das Ungeziefer von der Schule mitgebracht, und es war eine tagelange Tortur, das Krabbelzeug wieder loszuwerden. Also zurück ins Flughafengebäude und zur 24-Stunden-Apotheke? Mit dem Risiko, das Kind, das gerade etwas Zutrauen gefasst hat, zu verängstigen? Nein, die Läusekur kann warten bis morgen.

»Willst du mit mir mitkommen?«, fragt sie, wieder in tiefer Hocke und mit offener ausgestreckter Hand.

Hiba nickt leicht, ihr Blick öffnet sich keinen Spalt breit. Aber Huzur will ein Ja oder Nein hören. Sie will vorsichtig sein.

»Willst du? Gib mir bitte Antwort.«

»Ja«, sagt Hiba leise, aber klar. Wann hat sie dieses Wort wohl das letzte Mal ausgesprochen, schießt es Huzur durch den Kopf. Wann war sie das letzte Mal mit einem Vorschlag einverstanden, wann hat man sie das letzte Mal gefragt, was sie möchte.

Mit dem nächsten Bus fahren sie stadteinwärts, steigen in die U-Bahn um und an der Station Leopoldplatz aus. Sie hat Hiba während der ganzen Fahrt bei der Hand gehalten, als könnte sie wegfliegen oder weglaufen oder als könnte man sie ihr entreißen. Mittlerweile ist die kleine Hand warm. Huzur überlegt, ob sie ihre Körperwärme angenommen hat oder ob es dem Mädchen mittlerweile angenehm warm ist in dem Pullover. Wann hat sie das letzte Mal ein Kind an der Hand gehalten? Ewigkeiten her. Hier in Berlin noch gar nicht, glaubt sie. Das Gefühl ist nicht unangenehm. Die Hand fühlt sich rau an, aber auch weich, so als wäre sie noch in einen letzten Rest Babyspeck eingepackt.

Als sie auf der Müllerstraße stehen, hat es zu regnen aufgehört. Ein Glück, denkt Huzur. Graffitis springen ihnen entgegen. An dem Platz gibt es unter anderem das Haus mit den Studierendenapartments, eine teure Variante von Studentenwohnheim, Risa, die Helal-Variante von Kentucky Fried Chicken, einen Coffee-Shop und das Ärztehaus mit dem aufgesprühten Slogan »Hartz IV essen Seele auf«. Wie immer sitzen Betrunkene herum und die Deutsche im Rollstuhl, die fast immer hier ist, auch sie mit Bierflasche in der Hand und mit Tuch auf dem Kopf.

Huzur lockert ihren Griff, hier ist sie zu Hause, sie hat keine Angst, dass Hiba verloren gehen oder ihr etwas zustoßen könnte. Selbst wenn eine Gefahr lauern würde, Huzur ist da und sie ist sich sicher, auch die anderen Weddinger würden nicht beherrscht durch ihre Angst vor dem Fremden tatenlos zusehen. Sie biegen von der Müllerstraße in die Straße ein, in der sie wohnt.

In dem winzigen Flur ihrer Einzimmerwohnung stellt

sie Reisetasche, Koffer und Hiba ab und dreht eine kurze Runde, um zu sehen, ob alles so ist, wie sie es verlassen hat. Die Untermieterin hat die Wohnung halbwegs sauber hinterlassen, aber es riecht ungelüftet, also reißt sie die Fenster auf und überlegt, womit sie anfangen soll. Sie zeigt Hiba das Bad.

»Musst du aufs Klo?«

Die Kleine verschwindet und lässt die Tür einen Spalt offen. Als sie fertig ist, reicht Huzur ihr ein frisches Handtuch, und zusammen waschen sie gründlich die Hände. Huzur bemerkt die abgebrochenen Nägel mit den Trauerrändern.

»Wie wär's mit einem Bad? Zieh dich aus, gib mir deine Kleider, ich suche dir was Frisches von mir raus.« Huzur füllt die Wanne mit warmem Wasser.

Hiba schält sich aus ihren Klamotten, die in einem Kleiderhaufen auf dem Badezimmerboden landen. Huzur wendet den Blick ab, hebt das Klamottenbündel vom Boden, geht in die Küche und tastet in den Taschen der schwarzen Jogginghose. Vielleicht steckt irgendwo ein Dokument oder wenigstens ein Zettel, der einen Hinweis auf Hibas Identität gibt, aber nichts. Huzur hat ein schlechtes Gewissen, es widerstrebt ihr, in fremden Taschen zu wühlen, sie würde das auch nicht wollen. Sie hält die Hose am ausgestreckten Arm in der einen Hand und fährt mit den Fingern der anderen in den aufgenähten Taschen herum. Hiba muss die Hose lange am Leib getragen haben, Tag und Nacht. Dann steckt sie die Klamotten in die Waschmaschine. In ihrer Kommode sucht sie ein kurzes Nachthemd heraus und hilft Hiba beim Einseifen und Haarewaschen. Sie reicht Hiba den Handschuh zum Peelen. Die Kleine lässt alles über sich ergehen, sagt keinen Mucks, und Huzur hofft nur, dass sie alles richtig macht. Ihr fällt auf, wie wenig sie, die angehende Lehrerin, über Kinder weiß. Auf praktischer Ebene. An Theorie hat sie, die angehende Oberschullehrerin, viel drauf, sie kennt sich mit Kinderrechten aus, sie weiß, wie Spracherwerb funktioniert, sie kennt die Lehrpläne. Aber im direkten Umgang ist sie ungeübt, merkt sie. Wie auch. In ihrer Familie gibt es hier in Berlin keine kleinen Kinder. Sie hat keine kleinen Geschwister, ihre Schülerschaft besteht aus Jugendlichen. Als Hiba aus der Wanne steigt, bleibt sie mit einem Fuß am Rand hängen, und Huzur kann sie gerade noch auffangen. Der Körper in ihren Händen fühlt sich leicht und zerbrechlich an.

Sie stellt sich vor, sie würde stürzen und sie müssten ins Krankenhaus. Bestimmt hätte man sie beschuldigt. Davor hatte Huzur Angst, vor dem falschen Schritt, vor den kleinen Fehlern. Hätte man sie überhaupt behandelt ohne Krankenversichertenkarte, fragt sie sich. Papiere sind Rechte. Rechte sind Papiere. Sie können schnell verschwinden, fallen, angezündet werden. Sie trocknet Hiba die dunklen Haare an und schneidet ihr die Fingernägel. Dann schauen sie sich im halb beschlagenen Spiegel in die Augen, und zum ersten Mal hat sich Hibas Blick einen klitzekleinen Spalt geöffnet, durch den Licht nach außen dringt.

Während Huzur ihr das eigene Bett frisch bezieht, sitzt Hiba mit einem um den Kopf gewickelten Handtuchturban und einem Becher Tee auf dem Schlafsofa. Aus dem Augenwinkel sieht Huzur, dass der Kleinen immer wieder die Augen zuklappen. Ein hübsches Mädchen, denkt Huzur und beeilt sich. Ein hübsches Mädchen, doch was ist die Schönheit ohne das schöne Schicksal. An diese klagende Frage, die Huzur von so vielen türkischsprachigen Frauen gehört hat, denkt Huzur und beeilt sich.

Als Hiba im Bett liegt, geht sie in die Küche, um die Kleider aufzuhängen. Draußen ist die Luft vom Regen feucht und kühl, und so schließt sie das Fenster, verteilt alles auf dem Wäscheständer und hofft, dass es bis zum nächsten Tag trocken ist. Mehr als die zerlumpten löchrigen Sachen, die sie auf dem Leib getragen hat, besitzt das Mädchen nicht, überlegt sie. Und seinen Namen: Hiba, Geschenk Gottes. Hiba. Ein Geschenk Gottes. Hiba. Vielleicht hat der Name sich aber auf dem Weg, bis sie sich getroffen haben, verändert. Vielleicht ist ein Buchstabe auf dem Weg verlorengegangen, ein anderer hat sich dazugesellt. Vielleicht hat Hiba Geschwister, jüngere und ältere. Ganz sicher Mutter und Vater, jene, von denen sie kommt. Wo sind die geblieben? Wo sind sie verlorengegangen?

Sie richtet sich auf dem Sofa ein notdürftiges Nachtlager und kann lange nicht einschlafen. Einmal steht sie auf, weil es im Zimmer so still ist, als wäre sie allein. Sie schleicht an ihr Bett und sieht Hiba mit angezogenen Beinen auf der Seite liegen. Sie beugt sich vor, um ihren Atem zu hören. Dann legt sie sich beruhigt wieder hin, und das Karussell in ihrem Kopf dreht sich weiter. Es ist, als ob ihr Berliner Leben sie von allen Seiten bedrängt, die Eltern, die sie morgen anrufen muss, das Referendariat, sie ist noch eine gute Woche krankgeschrieben, und jetzt auch noch das Kind. Morgen muss sie als Allererstes Kleider besorgen. Aber die alten müssen sie behalten, es darf auf keinen Fall so aussehen, als wollte sie Hiba in ein neues Leben stecken. Und vor dem Kleidereinkauf Frühstück. Was frühstückt ein Kind in dem Alter? Etwas Gesundes sollte es sein. Sie hat nichts da, der Kühlschrank ist so gut wie leer. Notfalls Nudeln mit Tomatenmark und dem Schafskäse, den sie im Gepäck hat. Das mögen Kinder immer. Huzur musste kurz vor sich hinkichern, wenn jemand das sehen würde. Sie würden bestimmt einen privaten Fernsehsender schicken. Ein Kind in einer engen Wohnung, eine Frau, die sich von der Arbeit krankschreiben lässt, obwohl sie nicht krank ist, Essen, das nicht zu der Uhrzeit passt. Also Klamotten und Essen einkaufen. Raphael. Den hat sie durch die ganze Aufregung ganz vergessen, sie hat ihm nicht einmal auf die letzte Nachricht geantwortet. Soll sie ihm jetzt noch kurz schreiben? Sie hat keine Lust aufzustehen und nach ihrem Handy zu suchen, allein bei dem

Gedanken werden ihr die Glieder bleischwer. Morgen. Was macht man mit einem fremden Kind? Jugendamt, fällt ihr ein, unbegleiteter minderjähriger Geflüchteter, ist bestimmt alles geregelt in Deutschland. Auch morgen. Alles morgen. Ihr fallen die Augen zu.

Am nächsten Morgen gibt es dann tatsächlich Nudeln mit Tomatenmark, Schafskäse und getrocknete Feigen. Hiba isst mit Appetit. Wenigstens schläft sie gut und hat Hunger, denkt Huzur. Heute Morgen hat sie das Kind immer noch an der gleichen Stelle im Bett, auf der Seite mit angezogenen Beinen, vorgefunden. Wer weiß, wann es das letzte Mal ungestört und an einem sicheren Ort geschlafen hat. Hiba weicht ihrem direkten Blick aus, aber Huzur bemerkt, dass sie verstohlen beobachtet wird. Die sauberen Kleider hat Huzur mit dem Föhn fertig getrocknet, und die Kleine ist bereitwillig reingeschlüpft. Einkaufen, denkt Huzur. Klamotten und Essen und Läuseshampoo, denn das Mädchen kratzt sich immer noch am Kopf, wenn auch weniger häufig.

»Wollen wir nach dem Frühstück einen Spaziergang machen und dir was zum Anziehen kaufen? Damit du nicht mehr frierst?«

Hiba nickt zögerlich. Huzur stellt das schmutzige Geschirr in die Spüle, das kann warten. Sie zieht Hiba wieder den Pullover vom Vorabend über.

Das Handy klingelt. Raphael. Sie hat sich auch heute Morgen noch nicht bei ihm gemeldet. Anders als sonst geht Huzur sofort ran. Sie entschuldigt sich, weil sie ihm noch keine Nachricht geschrieben hat. Aber sie möchte nicht, dass er sie in ihrer Wohnung besucht, vor allem, weil Hiba bei ihr ist. Sie möchte das Kind vor Unbekanntem schützen, es ist schon alles fremd genug. Raphael ist vom Alter irgendwo zwischen älterem Bruder, wenn sie einen hat, und Vater, der nicht bei ihr ist. Sie will sich in Ruhe überlegen, wie ein erstes Treffen mit ihm aussehen könnte. Huzur wirft einen Blick umher. Unordentlich ist es auch, Kleider liegen auf dem Boden, neben dem Koffer, dessen Räder noch mit Feuchttüchern sauber gemacht werden müssen, bevor er unter ihrem Bett verstaut wird. Gestern Abend hat sie nur die Kleider des Mädchens gewaschen. Und nach all den Wochen wäre eine Grundreinigung auch nicht schlecht. Ohne das Kind hätte sie das alles längst erledigt. Und so vertröstet sie Raphael auf später, vielleicht am Nachmittag, vielleicht auch erst am Wochenende, heute ist Mittwoch. Raphael schlägt einen Besuch bei den Eltern vor. Huzur zuckt innerlich zusammen, die haben sie bislang noch nie eingeladen. Offenbar gehört sie nicht zum Kreis der Wunschpartien für den Sohn. Warum jetzt diese Eile? Und soll sie ihm jetzt gleich von Hiba erzählen oder lieber abwarten? Sie beschließt abzuwarten und gibt sich, was die Verabredung fürs Wochenende angeht, bedeckt. Mal sehen, schauen wir mal, die üblichen Hinhalteparolen. Ihre Mutter fällt ihr ein, bei der muss sie sich unbedingt noch melden und etwas mit ihr ausmachen. Für heute muss sie auf das Carepaket von ihrer Mutter verzichten, das sie sonst am Leopoldplatz neben den Fahrrädern mit kaputten Körben, leeren Bierflaschen und ohne Räder fast täglich überreicht bekommt.

Sie nimmt das Mädchen bei der Hand, und die beiden verlassen die Wohnung. Während sie ihre Straße runtergehen, fällt Huzur zum ersten Mal seit langer Zeit ihre eigene Kindheit ein. Vielleicht liegt das an der kleinen Hand, die sie hält, vielleicht löst die Berührung eine Reaktion in ihr aus, taut Erinnerungen auf. Bei einer Männerhand passiert das jedenfalls nicht.

Da drüben war mal ein Tante-Emma-Laden, und sie dachte immer, dass die Besitzerin tatsächlich Tante Emma hieß, man konnte dort für eine Mark eine ganze Tüte mit Schlümpfen, Cola-Krachern und Gummischlangen kaufen. Später hieß der Laden dann Onkel-Ali-Laden, und es gab als Modernitäts-Update Schaumküsse in Schrippen. Gegenüber hatte Frau Schulz ihren Kiosk, da ist jetzt ein Spätkauf, in dem es Getränke zum Vorglühen gibt, bevor es in den Club geht. Bei Frau Schulz, die später Onkel Ali heiratete, kaufte sie ihre Schulhefte und Stifte, und Frau Schulz bestand auf eine höfliche Begrüßung, sonst wurde man nicht bedient. Sie und ihr Bruder spielten meistens im Hof oder einer von ihnen fuhr mit dem einzigen Fahrrad zur Bushaltestelle weiter vorn, während der andere im Hof auf seine Runde wartete. An den Wochenenden trafen sich die Familien in den Wohnzimmern von denen, die vom Vermieter die Erlaubnis für eine Satellitenschüssel hatten. Oder man ging zum Grillen in den Tiergarten oder in den Schillerpark und ließ sich von den Deutschen begaffen, für die Parks nur für Sonntagsspaziergänge da waren, vorzugsweise im Sonntagsstaat.

Geld war immer knapp, aber die Eltern hatten noch eine andere Armut gekannt. In der Türkei galten sie als Leute, die es zu was gebracht, die es geschafft hatten. In allen Familien, die Huzur kannte, verwalteten die Mütter das Geld. Und die Kinder bekamen die Organisation von Knappheit mit. Während der arbeitslosen Phasen von Mutter und Vater gab es anstelle von Orangen Äpfel, wenn Mama dagegen gut verdiente, brachte sie Kakifrüchte mit nach Hause. Wenn Vater arbeitslos war, ging er in die Teestube, wenn Mutter gerade nichts verdiente, putzte sie die ganze Zeit die Wohnung, stattete den Nachbarinnen einen Besuch ab oder sah ihnen über ihrem Schal, an dem sie strickte, bei den Hauaufgaben zu. Huzur hätte immer lieber einen Schal aus dem Gesundbrunnencenter gehabt. Manchmal stand Mama auch auf und stellte eine Schale mit Orangenscheiben oder Nüssen auf den Tisch, weil Nüsse gut für den Verstand waren und Orangen gegen den Berliner Winter wappneten.

Während sie mit Hiba zum Bäcker Gurbet spaziert, erinnert sich Huzur auch wieder an die diffuse Angst vor Nazis, die entstanden war, sobald sie wusste, dass es Nazis gab. Wenn Menschen sie fragten, woher diese Angst kam, dann verglich sie es mit der Angst, wegen der man als Frau wenn möglich nicht allein bei Dunkelheit unterwegs war. Die Angst vor Nazis und vor der Dunkelheit haben sie seitdem nicht verlassen. Sie erinnert sich auch an ihren Ehrgeiz in der Schule, weil sie eines Tages raus wollte, nicht unbedingt aus Wedding, aber aus der Haut einer Weddingerin. Sie joggt als Einzige im Schillerpark, um im Sport eine bessere Note zu bekommen. Sie verzichtet auf Eyeliner, weil das bei den Lehrern nicht gut ankommt. Damit sie es sich mit ihren Mitschülerinnen nicht verdirbt, lässt sie alle abschreiben. Damals gab es zwei Gymnasien, das humanistische hat sie sich nicht zugetraut, also blieb das neusprachliche. Die mit ihr auf der Schule waren und es geschafft haben, sind mittlerweile nach Charlottenburg oder Tempelhof gezogen, wer aus Wedding wegkonnte, hat es gemacht. Nur weg von hier, denn neben allem anderen macht sich Wedding auch im Lebenslauf nicht gut. Die Kinder der Väter und Großväter, die noch am Band gestanden haben, arbeiten jetzt in Behörden und haben Handcreme in ihren Schreibtischschubladen, obwohl ihre Hände nichts mehr auszuhalten haben. Nur sie, Huzur, die nicht wie die anderen BWL oder Jura studiert hatte, ist zusammen mit denen, die eine Berufsausbildung gemacht haben, noch immer in Wedding. Huzur fragt sich, wie es wohl jetzt ist, in Wedding aufzuwachsen, wie es für Hiba wäre. Sie hat Angst vor der Wiederholung der Geschichte, wie sie Angst hat vor Nazis und Dunkelheit.

Beim Gehen bemerkt sie mit einem Mal zwei Jungen, die nach links und rechts schauen und dabei ein Leihfahrradschloss bearbeiten, als sei es ihr Hosenreißverschluss, der nicht richtig zugeht. Hiba zieht an Huzurs Hand und zeigt mit dem Finger auf künstliche Geranien in Rot, Gold und Silber in den Fenstern eines Hostels, an dem sie selbst tausend Mal vorbeigelaufen ist, ohne etwas Besonderes zu bemerken. Huzur freut sich, das Mädchen zeigt Interesse an seiner Umgebung, es möchte sich die Kunstblumen näher ansehen. Huzur erhascht einen Blick in das Innere. An der Rezeption steht eine Empfangsdame, die mit ihrem Handy spielt und dabei ihre Ellbogen auf zwei Briefstapel stützt. In ihrem Rücken zeigen drei Uhren die gleiche Zeit an, für Damaskus, Kabul und Bagdad. Hiba springt aufgeregt auf der Stelle, hundert Wiegen und Schaukeln stark. »Gefallen dir diese Blumen? Möchtest du auch solche haben?«, fragt Huzur. Hiba sagt etwas in einer Sprache, die Huzur nicht versteht und als Arabisch deutet. »Sag's auf Türkisch, ich verstehe leider kein Arabisch. Nur ›habibi‹ kenne ich.«, sagt Huzur etwas beschämt, weil sie sich immer schämt, wenn sie etwas nicht versteht oder eine Sprache nicht kann. Die Kleine runzelt nachdenklich die Stirn und verfällt in Schweigen.

Sie gehen weiter, bis zum Bäcker ist es nicht mehr weit. Huzur hält Hiba wieder an der Hand, doch die reißt sich plötzlich los, macht einen Schritt auf die Straße und lässt das Schweigen damit explodieren. Sie ist dabei so energisch, dass ihre Zöpfe springen, als gäbe es einen Strippenzieher wie beim Puppentheater. Ein vorbeifahrendes Auto hupt, Hiba tritt wieder auf den Gehsteig zurück. Huzur merkt, wie ihr langsam alles zu viel wird. Die Reise sitzt ihr noch in den Knochen, das kaltfeuchte Berlinwetter sitzt ihr wieder in den Knochen, sie hat ohnehin viel um die Ohren, hat schlecht geschlafen, und jetzt das. Sie wollte doch erst mal nur zum Bäcker. Huzur sieht die Angst in Hibas Augen und schluckt runter, was ihr auf der Zunge liegt, und sagt so ruhig sie kann: »Das geht nicht, hörst du? Du darfst nicht einfach auf die Straße laufen.« Das Herz klopft ihr immer noch im Halse, ihr Tonfall klingt verärgert vor Panik. Sie muss sich beruhigen und lernen, schneller zu reagieren, ermahnt sie sich. Sie kommen an eine Kreuzung. Die Ampel schaltet auf Grün, aber Hiba bleibt diesmal stehen und starrt das grüne Ampelmännchen an. In Gurbets Bäckerei läuft Hiba mit einer Selbstverständlichkeit rein, als würde sie seit Langem dort einkaufen. Hinterher essen sie genüsslich die Simit. Huzur stellt keine Fragen. Fragen zur Vergangenheit bringen nichts. Sie wühlen auf, verändern aber nicht das Geschehene. Wir müssen nach vorne schauen, denkt Huzur mit Blick auf Hiba, bis eine rote Ampel für uns Grün wird, damit wir vorankommen. Oder einfach abhauen können.

Huzur würde sie gerne von einem Store für Petites in Mitte einkleiden. Dort, wo Äste als Kleiderstangen herhalten, wo individuell beraten wird und wo an der Kasse eine Wasserkaraffe auf einem Silbertablett steht. Zwar machen Kleider allein keine Leute, doch nur mit Kleidung werden aus Leuten Personen, findet Huzur. Doch für einen schicken Kinderladen reicht das Geld nicht. Auch mit einem Studium hat sie es noch nicht geschafft, merkt sie, im Referendariat verdient sie immer noch nicht viel, und für zusätzliche Arbeit hat sie keine Zeit. Ihre Eltern zu fragen, kommt für Huzur nicht infrage. Sie sollen nicht an sich selbst sparen oder sich eingestehen müssen, dass sie gerade so über den Monat kommen, und Huzur will sie auch auf keinen Fall dazu verleiten, Mikrokredite bei Freunden anzufragen, die sie dann mühsam abstottern müssen. Wer es sich leisten kann, allein zu wohnen, wer allein reisen kann, wer eine feste Beziehung haben kann, der muss auch für sich allein sorgen und wirtschaften können, sagt sich Huzur streng. Manche von ihren Bekannten hätten das Mädchen erst mal zur Mutter gebracht, und die hätte sich dann darum gekümmert, fährt es ihr durch den Kopf, und ihr Rücken wird etwas gerader, die Brust schwillt an.

Aber so reicht es bei Huzur nur für ein Geschäft mit Hackenporsche und bunten Plastikbällen im Schaufenster. Huzur und Hiba betreten den Laden. Huzur ist nicht überzeugt. Falls der Kunde König ist, möchte sie nicht in einem Geschäft Königin sein, das bis oben hin mit Waren aus Plastik vollgestopft ist, und Hiba soll hier auch nicht Prinzessin sein. Und überhaupt versuchte Huzur lange, wie Plastik zu sein und irgendwann wusste sie nicht mehr, welche Form sie hat und zerbrach wie Porzellan. Dabei, das muss sie zugeben, hält Plastik ewig und ist vielseitig einsetzbar. Hiba fühlt sich anscheinend wohl hier, glaubt Huzur am Gesichtsausdruck zu erkennen. Vielleicht fühlt es sich weniger fremd an. Die Kassiererin in gestreifter Uniform und eine Kundin sprechen auf Arabisch miteinander. Es gibt keinen Platz in diesem Laden, wo man die Arme wie in der Werbung ausbreiten und sich um 360 Grad drehen kann. Es ist ein Laden zum Durchwühlen, hier müssen Huzur und Hiba keine Angst haben, etwas durcheinanderzubringen. Kleidung hängt dicht an dicht auf Stangen, in der Ladenmitte stehen Wühltische. Alles sieht unordentlich aus.

Huzur nimmt mit den Augen Maß, versucht abzuschätzen, welche Größen sie für Hiba braucht, Kleidergröße, Schuhgröße, Hosenlänge. Sie hat keine Erfahrung damit. Dann nimmt sie Hiba mit auf die Tour durch die Reihen von Kleiderstangen, zieht Pullover, T-Shirts und Hosen heraus, hält sie Hiba vor den Leib, fragt, ob ihr die Sachen gefallen, und legt am Ende ein Sweatshirt in den Korb, das nicht zu hundert Prozent aus Plastik besteht. Bei den Schuhen dauert es ein bisschen länger, Hiba versteht nicht, dass sie die Schuhe anprobieren und dann wieder ausziehen muss. Sie rennt beim ersten Mal los, obwohl sie hinten an den Fersen herausschlappt. Sie hätte sich eine Liste machen sollen, denkt Huzur, und überlegt, was noch fehlt, geht alle Kleidungsstücke von Kopf bis Fuß durch. Sie fragt Hiba, ob sie einen Wunsch hat. Hiba zeigt mit dem Finger auf Socken mit einem Muster aus Pizzastücken und Pommes. Huzur findet die Socken furchtbar, als wären sie von einer Fast-Food-

Kette gesponsert. Sie ertappt sich dabei, dass sie überlegt, was die Leute wohl von ihr denken, wenn sie das Mädchen mit diesen Socken in die Welt schickt. Sofort findet sie sich lächerlich, dass sie dem Kind vorschreibt, welche Socken es tragen soll, solange sie passen. Geht so Kindererziehung? Erst fragen, was das Kind will, und sich dann für das entscheiden, was man selbst will? Kopftuchgate fällt ihr ein, geht es da nicht um ähnliche Verhältnisse? Und wie kurz oder lang darf der Rock einer Frau sein? Sie ärgert sich selbst in dem Moment, sie schreibt einem Kind, einer angehenden Frau, vor, welche Socken sie tragen soll. Ist das die Vorbereitung auf das Leben, was auf Hiba wartet? Huzur muss sich entscheiden, sie wählt ein Fünferpack einfarbige Socken in Rot. Rote Socken könnten Raphael und seiner Familie gefallen. Hiba beobachtet sie, während sie das Pack in den Korb legt.

Sie gehen weiter zu H&M. Wenigstens hat sie jetzt die Kleidergrößen drauf, das wird Zeit sparen. Huzur und Hiba blicken auf die Puppen in dem schlichten Schaufenster. Hinter den Puppen hängen Poster, auf denen neuerdings nicht länger schöne Menschen zu sehen sind, sondern vor allem ungewöhnliche. Ein paar Rothaarige, welche mit zusammengewachsenen Frida-Kahlo-Augenbrauen, eine Schwarze und eine Blonde mit strahlenden Zähnen, als hätte jemand TicTac in die Mundhöhle gereiht. Am Eingang fällt Huzur der Türsteher ins Auge, vielleicht ein Mitschüler aus ihrer Grundschulzeit. Ihre

Mitschüler aus der Grundschule, die an der ein oder anderen Tür so oft umkehren mussten und sich selbst in Türen verwandelt haben, als gefährlich gesehen werden und so für Sicherheit sorgen sollen.

Huzur möchte in dem Laden Unterwäsche, eine Hose, ein Oberteil und eine Jacke kaufen. Bunt dürfen die Sachen sein, aber nicht bunt zusammengewürfelt, und schon gar nicht wahllos, wenn möglich aus Baumwolle. Und neben dem Preisschild soll ein weiteres Etikett mit einem grünen Blatt oder etwas ähnlich Beruhigendem hängen. Das wird sie einen Haufen Geld kosten, ihr Dispo ist bereits fast ausgeschöpft. Dabei wird das Mädchen aus der Kleidung bald wieder rausgewachsen sein. Warum ist Kinderkleidung nur so teuer, fragt sich Huzur. Weil die Eltern bereit sind, dafür viel zu zahlen? Und leider kann sie nicht warten, bis einer der nächsten Flohmärkte stattfindet, Hiba braucht die Kleidung jetzt. Wird sie ihre neuen Sachen anziehen, überlegt Huzur kurz. Vielleicht wird sie die alten nach und nach ersetzen, vielleicht fühlen sie sich für das Kind an wie ein Zuhause, vielleicht noch von der Mama gekauft, von ihren Händen berührt. Ihre Eltern haben abgetragene Kleidung immer mit in die Türkei genommen und sie dort Verwandten geschenkt, die sie dann ihrerseits an Familien mit kranken Eltern, toten Müttern, abwesenden Vätern weitergegeben haben. Alle in ihrem Umfeld haben gespendet in der Hoffnung, dass Gott es sieht und sie belohnt. Alle gleichaltrigen Mütter, die sie durch Studium und Arbeit kennt, geben die alte Kleidung weiter an Freundinnen, die Kinder haben. Das ist keine Spende, sondern gegenseitiger Support. Doch sei es drum, sie ist mit keiner Mutter eng befreundet. Und außerdem müsste sie zu viel erklären.

Die Jeans, die Hiba gerade anprobiert, ist etwas zu weit und hängt unter dem Bauchnabel. Sie werden nach einem Gürtel suchen müssen. Die Sommerware ist ausverkauft, und für den Winter ist noch keine Ware eingetroffen, erklärt ihr eine Verkäuferin. Immerhin finden sie ein schlichtes Oberteil, einfarbig in Sorbetgelb und mit Rippenblende am Halsausschnitt, die Größe halbwegs passend. An der Kasse kommt ihr der Gedanke, dass sie für Kleidung bezahlt, die Hiba nicht richtig passt und vermutlich nie richtig passen wird. Diesmal hat sie Hiba gar nicht erst nach ihren Wünschen gefragt. Auf dem Rückweg gehen sie in einer Apotheke vorbei und kaufen ein Shampoo gegen Läuse. Hiba kratzt sich nach dem Haarewaschen gestern Abend zwar weniger am Kopf, aber Huzur weiß aus Erfahrung, dass das Läuseproblem nicht behoben ist.

»Lass die Etiketten bitte noch dran«, ruft Huzur, während das Mädchen im Badezimmer die neuen Sachen auf Huzurs Wunsch noch mal artig anprobiert. Eigentlich würde Huzur lieber selbst im Bad stehen und sich mit Schminke eine zweite Haut zulegen. Stattdessen scheitelt sie ihren Haarknoten fester, täuscht sich eine gerade Linie dadurch optisch vor, wo nur die Ungerade der einzig mögliche Weg ist. Sie räumt in der Wohnung auf, steckt zwischendurch ihren Kopf durch die Badezimmertür, um Hiba Komplimente zu machen, wie gut ihr die neue Kleidung steht. Sie legt den Einkaufsbeutel, den sie verwendet hat, in die Schublade, ertastet dort Alufolie, von Raphael und seiner WG Alifolie genannt, das Backpapier und ordnet alles nebeneinander an. Mittlerweile ist Hiba wieder in ihren alten Klamotten aus dem Bad gekommen und setzt sich an den Küchentisch. Huzur verkneift sich die Frage, warum sie sich wieder umgezogen hat, und sagt stattdessen: »Wollen wir deine neuen Sachen erst mal waschen?«

Hiba sieht sie erstaunt an und sagt nichts. Zufällig fällt ihr Blick nach unten auf die Füße des Mädchens. Sie hat ein paar der neuen Socken angezogen. Ein Anfang, denkt Huzur.

»Möchtest du einen Kakao?«, fragt sie. Das Mädchen nickt still.

Während sie die Milch aufsetzt, überlegt Huzur, dass sie anschließend Hiba die Haare mit dem Spezialshampoo waschen will. Aber zuerst das Telefonat mit Mama. Das hätte sie heute Morgen als Erstes machen sollen. Mama, die sich zu Hause als Letzte schlafen legt und morgens als Erste auf den Beinen ist. Die Frau, die sie immer anrufen kann.

»Mama, ich vermisse dich so sehr, deine nach Henna

duftenden Haare. Wie geht das eine Lied von Ibrahim Tatlıses noch mal? ›Ağlarsa anam ağlar.‹«

Ihre Mutter freut sich immer, wenn Huzur ab und an etwas auf Türkisch sagt, in dem Fall sogar einen Songtitel. Ihr Türkisch werde immer besser, sagt sie zu Huzur, man merke sofort, dass Huzur es wieder viel öfter gesprochen habe. Huzur freut sich über das Kompliment. Es ist eines ihrer üblichen Telefonate zwischen Mutter und Tochter. Ein *Selamunaleyküm* hier, ein *Aleykümselam* da. Der Frieden von hier nach dort und immer im Kreis. Huzur erinnert sich jedes Mal stolz, wenn sie diese Wörter ausspricht, dass sie aus Chatgesprächen auf Facebook auch die Abkürzungen S. A., A. S. und SLM gelernt hat. Letzteres, so ihre Vermutung, durch den Einfluss des Arabischen, eine Abkürzung ohne Vokale.

Dann fangen die Verhörfragen an, ob sie früh aufgewacht ist, gut geschlafen, gefrühstückt hat, ob sie für die Arbeit, auf die Seminare gut vorbereitet ist, wo doch die Schule wieder angefangen hat. Huzur gibt brav Antwort, betont aber auch, dass sie jetzt wieder viel zu tun hat. Vor Kopftuchgate und Krankschreibung stimmte das, da hatte sie wirklich viel zu tun, besuchte zwei Fachseminare, ein Hauptseminar und unterrichtete an der Schule, besuchte Konferenzen und Fortbildungen, Vorbereitungen für die Modulprüfungen, dazu inoffizielle Überstunden, Klassenleitungsaufgaben, Vertretungsstunden, die AG für die Schüler am Nachmittag, die Vorbereitung, Durchführung und Nachberatung am Tag der offenen Tür. Alles für eine gute Note, und die gab es nicht bei hundert Prozent. Hundert Prozent waren zu wenig, mit hundertzwanzig lag man halbwegs richtig. Ihrer Familie gegenüber behauptet sie immer, alles ganz nonchalant hinzubekommen. Sie habe ein schlechtes Gewissen, weil sie ihre Familie so vernachlässige, sagt sie jetzt zu ihrer Mutter. Im ersten Halbjahr hatten zwei Fachseminarleiter den neuen Referendarinnen eine Handreichung für ihre Zeit an der Schule gegeben. Der Seminarleiter merkte in der von ihm verfassten Handreichung an, dass man sich etwas Gutes tun solle, indem man Zeit mit der Familie verbringe. Die Seminarleiterin hingegen schrieb, dass man die familiären Pflichten nicht allzu sehr vernachlässigen sollte. Huzur fand, es war bestimmt kein Zufall, dass die Seminarleiterin von den Pflichten sprach und der Leiter vom Vergnügen.

»Ich komme meinen Pflichten euch gegenüber nicht nach. Verzeih mir«, sagt sie jetzt.

Ihre Mutter widerspricht wie immer: Alles gut, sie fände schon Übersetzerinnen und Menschen, die ihr beim Ausfüllen der Formulare helfen. Die Arbeit ginge vor. Es folgt der Abschied, der so lange dauert wie ein Abschied an der Tür, wenn man am Wochenende Gäste empfangen hat. Gleichzeitiges Reden, Liebeserklärungen in Form von Worten wie ›Kızım, Kuzum, Annecim, Hayatım‹, die Vergewisserung, dass es nicht das letzte Mal ist und man bald wieder zusammenkommen muss. Vielleicht versteckt sich dahinter die aus dem Trauma der Migration geborene Angst, dass die Verbindung für immer abbrechen könne.

Huzur träumt öfter, dass sie an der Tür ihrer Eltern steht und klingelt, sie wie immer ihre Schuhe in der Wohnung auszieht, nachdem sich Nachbarn jahrelang über Schuhe im Treppenhaus beschwert haben, Brandgefahr vorschoben, um nicht ihre Angst vor den Fremden eingestehen zu müssen, Schuhe mitnahmen und auf Flohmärkten verkauften und einmal sogar eine Petition gegen Schuhe im Hausflur starten wollten.

Die Schuhe würde sie beiseitestellen, während ihre Mutter ihr die Tasche und Jacke abnimmt und an einen eingerosteten Gardinenhaken vom Vormieter hängt. Dann würden sie an der Kommode mit dem gefälschten osmanischen Gemälde vorbeigehen, auf dem eine junge Frau abgebildet ist, neben der Gebetsketten und Kolonya liegen, und weiter ins Wohnzimmer. Dort würde sie ihren Kopf in den Schoß der Mutter legen, die ihre Haare streicheln würde, während Huzur erzählt.

Die Geschichte der Müdigkeit, die Geschichte des Hamsterrads, die Geschichte des Ungenügendseins. Und die Mutter würde all diese Geschichten in ihrem Rock auffangen. Huzur würde ihren Kopf heben, sich aufrecht hinsetzen. Damit die Mutter aufstehen und die Geschichten, die in ihren Rock geatmet wurden, aus dem Fenster schütteln kann.

Als das Telefonat beendet ist, geht Huzur in die Küche. Hiba steht mit ihrem Becher Kakao am Fenster und schaut nach draußen. Huzur sieht ihren schmalen Rücken, die schmächtigen Schultern und hat Herzweh. Am liebsten hätte sie das Kind in die Arme genommen, aber das geht nicht. Sie ist nicht die Mutter, keine Tante, nicht einmal eine Freundin der Familie. Sie ist immer noch eine Fremde, die Hiba für eine bestimmte Zeit ein Bett, ihr Bett, korrigiert sie sich, und Essen anbietet. Hiba hält weiterhin Distanz zu ihr, hat sie bemerkt, selbst in Augenblicken von Selbstvergessenheit, wenn sie eine Zehnjährige ist, die sich vergisst, nicht weil sie sich das Verträumtsein erlauben darf, sondern weil sie sich in dem Moment der Vergessenheit an das erinnert, was sie vergessen möchte. Diese Distanz muss sie respektieren, darf sich nicht zu Nähe hinreißen lassen, nur weil Hiba ein Kind mit schmalem Rücken und schmächtigen Schultern ist und als Reaktion auf ungefragte Nähe wahrscheinlich nur schweigen, sich nicht zur Wehr setzen würde. Zugleich ist sie froh über Hibas Verschlossenheit, denn sie hat keine Ahnung, wie viel Nähe sie selbst zulassen würde.

Heute ist Donnerstag. Sie beschließt, sich am Montag zu informieren, was sie zu tun hat, bis dahin will sie zu sich finden, soll Hiba zu sich finden. Aber darf sie das? Hiba einfach bei sich behalten? Das Kind ist ihr ausgeliefert, hat keine andere Wahl, als mit ihr einkaufen zu gehen, Kakao zu trinken und später vielleicht noch einen

Spaziergang zu machen. Es kann höchstens weglaufen. Huzur hat bislang keine Gesten oder Blicke beobachtet, die darauf hindeuten. Wenigstens gibt es eine Gemeinsamkeit, die sie einander näher bringt, sie fühlen sich beide fremd und das nähert sie an. Und wenn die Eltern bereits nach Hiba suchen? Wenn alles ein großes Missverständnis war? Und Hiba vielleicht weggelaufen ist, sich wütend und verstockt in einen Bus gesetzt hat oder einfach sitzen geblieben ist, während die Eltern bereits ausgestiegen waren? Sie beschließt, im Internet immer wieder nachzusehen, ob Hiba vermisst gemeldet ist. Darf sie sich wirklich bis Montag Zeit lassen? Noch muss sie sich nur vor sich selbst rechtfertigen.

Hiba steht immer noch am Fenster und schaut hinaus. Nein, beruhigt sie sich, sie ist dem Mädchen an einer Bushaltestelle begegnet, es war allein, hat gefroren, es hatte Hunger und Durst und Schlafmangel. Hiba wirkte wie ein verlorenes Kind, das kurz davor war, sich selbst zu verlieren. Als Hiba sich wieder im Nacken kratzt, beschließt Huzur, dass es Zeit ist, sich von den Läusen zu verabschieden. Sie belasten Hiba, und der Anblick einer belasteten Hiba belastet Huzur.

Später stehen sie beide vor dem beschlagenen Spiegel im Bad, und Huzur kämmt der Kleinen das Haar strähnenweise mit einem feinen Metallkamm durch. Von dem Läuseshampoo riecht es nach Teer, wie auf einer Straßenbaustelle. Huzur spürt eine innere Ruhe wie lange nicht mehr und überlegt, was sie heute Nachmittag machen könnten. Eigentlich wäre es schön gewesen, zu Mama zu fahren, ihr Hiba vorzustellen, Tee zu trinken und zu plaudern. Aber sie hat der Mutter heute Morgen nichts von dem Kind erzählt. Außerdem hat sie ja angeblich viel zu tun. Außerdem würde sie Mama in die Augen sehen müssen, wenn sie vom neuen Schuljahr lügt, das für sie noch nicht begonnen hat. Von der Türkei aus, am Telefon, war es leicht zu lügen, hier, unter vier Augen, wäre es eine Herausforderung.

Es klingelt an der Tür. Huzur geht in die Küche ans Fenster und schaut nach unten. Raphael. Er steht im Regen und drückt offenbar wieder den Klingelknopf, kommt aber nicht auf die Idee hochzuschauen, dann könnte er sie am Fenster stehen sehen. Sie macht einen Schritt zurück und sucht hektisch nach ihrem Handy. Der Boden bebt bei jedem Schritt unter ihren Füßen, als würde gerade eine U-Bahn unter dem Haus durchfahren. Sie möchte ihm nicht den Eintritt verweigern und sucht nach einer Notlüge. »Wollen wir uns später treffen? Würde mich sehr freuen«, textet sie. Sofort darauf erscheinen zwei blaue Häkchen. Sie hofft, dass er sich nicht wundert, und tippt eine zweite Nachricht: »Muss später noch bei Bolu einkaufen, magst du mitkommen? Öptüm :*« Dann macht sie mit Hibas Haaren weiter, kämmt sie fertig durch, föhnt sie und fragt Hiba, ob sie ihr einen Pony schneiden soll. Die Kleine schaut ihr in die Augen, und zum ersten Mal sieht Huzur ein schwaches Leuchten darin. Sie sucht nach einer scharfen Schere, setzt Hiba auf einen Stuhl, und sie spielen Friseurladen. Huzur möchte Hiba einen Pony schneiden. Ihr ist aufgefallen, dass sie selbst nie einen hatte und dass Mädchen, die auf Ponys reiten wollen, meistens Mädchen mit Ponys waren. Sie denkt sich, vielleicht würde mit dem Pony auch das Pony kommen und selbst wenn nicht, würde sie damit besser in der Welt empfangen werden.

Während sie an Hibas Haaren schnippelt, immer wieder mit dem Kamm durchs Haar fährt, einen Schritt zurücktritt und ihr Werk begutachtet, denkt sie über Raphael nach. Sie hat ihn über Kevin, ihren besten und einzigen Freund an der Uni, kennengelernt. Raphael war damals Kevins kostenloser Nachhilfelehrer. Kevin wollte für ein Auslandssemester nach Paris und traf sich regelmäßig mit Raphael in der Grimm-Bibliothek der Humboldt-Universität, um Französisch zu lernen. Raphaels Eltern stammen aus der französischen Schweiz, und er ist zweisprachig aufgewachsen. Sie saß damals ebenfalls in der Bibliothek, auf einer der vielen Terrassen, wo Studierende von morgens bis abends die Arbeitsplätze besetzten und sie in eine Manufaktur ohne rebellierende Arbeiter verwandelten. Das letzte Semester, in dem sie noch BAföG bekam. »Hättest du mal Drogen genommen, wärst nach einem Berghainbesuch für eine Zeit in der Psychiatrie hängen geblieben oder wärst Mutter geworden, dann würde dir das Amt ein Semester länger zahlen. Dass du für Nachbarn Formulare ausfüllst und die Eltern zu Amt oder Arzt begleitest, interessiert da niemanden«, sagte Kevin mit einem Augenzwinkern. Kevin und Huzur hatten gerade eine Arbeitspause eingelegt, saßen im Foyer auf den schwarzen Würfeln, die Huzur an die Kaaba erinnerten, und tranken aus ihren Plastikbechern ihren Latte macchiato, als Raphael auf sie zukam. Huzur lächelte. Er hatte einen auffallenden Gang, wie ein Känguru, er sprang förmlich bei jedem Schritt. Huzur begutachtete seine Schuhe, vielleicht waren es ganz neue Sneakers, irgendwas mit Air-Polstern, die diese komische Art zu gehen verursachten. Raphael hatte aber Seglerschuhe an. Passend zu seiner beigen knielangen Hose, seinem Poloshirt und dem roten Pullover auf seinen Schultern, der auch bei ihren zukünftigen Begegnungen noch oft dort liegen und nie runterfallen würde. Huzur konnte es sich nicht erklären, er repräsentierte all die Menschen, die ihr und Menschen, mit denen sie sich identifizierte, Schmerzen zufügten. Trotzdem gab sie ihm die Hand, und später fragte er nach ihrem Facebook-Namen und schickte ihr eine Freundschaftsanfrage. Getreu dem Motto, willst du gelten, mach dich selten, schickte sie erst zwei Tage später eine Antwort. Sofort sandte er ihr ein Foto von sich, im Hintergrund ein Wäscheständer mit frisch gewaschener Wäsche. Ein moderner Mann, aber eben immer noch ein Mann, der ungefragt Selfies schickte. Huzur nannte sie die Dickpics unter den Anständigen. Doch in ihm sah sie trotzdem eine Ausnahme.

Sie tauschten Handynummern aus, schrieben sich bald auf WhatsApp, verabredeten sich, lasen und schrieben fortan nebeneinander auf der Terrasse mit ihren Zweiertischen in Dunkelgrün und Mahagoni. Raphael ersetzte Kevin, er wurde ihr bester Freund. Das wussten bald alle und befanden es für gut.

Raphael, fand Huzur schnell heraus, kam daher, wo sie hinwollte. Huzur sah, was sie sehen wollte, hörte, was sie nicht hören wollte. Behauptete er, dass sie gut tanzen könne, weil sie eine Orientalin sei, klang das wie der Anfang eines schlechten Gedichts. Sie freute sich, wenn sie auf einer Studentenparty gefragt wurden, wo sie herkämen, und nach seiner Antwort, »aus der Schweiz«, die allgemeine Aufmerksamkeit zu Raphael schwenkte. Man hielt ihn für einen Deutschmuttersprachler. Verneinte er das und gestand, frankophon zu sein, wirkte er umso charismatischer. Er war ein Jemand, Huzur spürte das und hoffte, dass es auch auf sie abfärbte. Er war jemand Schönes mit glatten Haaren wie Jennifer Aniston, mit vollen Lippen. Jemand aus einem schönen Land, der seit einem Jahr in Neukölln, aber wie Huzur seit Geburt in Berlin lebte. Einer, der nicht integriert werden musste, sich nicht integrieren musste, ein Willkommener eben. Huzur stand meistens neben ihm, hörte den Gesprächen zu und fand es lustig, dass sie beide in Deutschland so unterschiedlich wahrgenommen wurden. Zwei Menschen mit Migrationshintergrund. Einer, der von den Kassiererinnen dieser Welt gegrüßt wurde, ohne dass er etwas dafür tun musste, ein Langzeitstudent, der sich ums Geld keine Sorgen machen musste und immer weich fallen würde. Und die andere, die sich in ein Referendariat hochgearbeitet hatte und immer noch ohne fremden Gruß an Kassen stand, eine, die sich vorgenommen hatte, irgendwo anzukommen, wo das Leben leichter war, aber nicht nur sie allein, denn auch ihre Familie setzte auf sie.

Ich wirke mit ihm dazugehöriger, gestand sie sich irgendwann ein. Vielleicht würde die Leiter mit ihm weniger lang und steil werden. Sie wollte ihn, sie wollte er sein, gestand sich ein, dass sie nicht nur an ihm, sondern auch an seinem sozialen Status interessiert ist. Dann wieder fühlt sie sich geschmeichelt. Hat er sich nicht vor allen anderen sie, die türkische leistungsstarke Frau, ausgesucht? Raphael, der schon so viel hatte, bekam auch noch sie. Und hat sie nicht auf gewisse Art ein Land dazugewonnen? Er will sie in die Schweiz mitnehmen, ihr die Heimat seiner Eltern vorstellen, und außerdem ist es ihm im Nachtzug allein langweilig. Doch Huzur hat bislang stets entschieden abgelehnt.

Von Raphael weiß sie, dass seine letzte Liebe, ihre Vorgängerin, die Tochter eines Exil-Iraners war, die seine Eltern herzlich empfangen hatten und der sie angeblich immer noch ein wenig nachtrauerten. Hat er nicht etwas von einem Treffen bei den Eltern an diesem Wochenende gesagt? Vielleicht haben die Eltern Blanc beschlossen, jetzt auch sie in Augenschein zu nehmen. Wenn sie ehrlich ist, fühlt sie sich wie eine Probandin bei einer Milieustudie oder, warum nicht gleich, wie ein seltenes Tier. Und das sorgt wieder einmal dafür, dass die Beziehung zu ihm keine auf Augenhöhe ist, überlegt sie verärgert. Neben allen offensichtlichen aufzählbaren Unterschieden wie unterschiedliche Herkunft, Eltern aus der Schweiz versus Eltern aus der Türkei, was so viel bedeutet wie erste Klasse versus zweite oder gar dritte Klasse. Wenn man halbwegs belesen ist, fallen einem ein paar Schweizer Autoren ein, aber türkische? Elif Şafak. Das war's. Ganz zu schweigen von dem Aspekt der Herkunft, der immer wieder vergessen wird. Sie aus dem Arbeiterbezirk Wedding, über den gesagt wird, »der kommt«, aber der nie kommt. Er hingegen aus dem poshen Dahlemdorf. Aber dann ist sie doch immer wieder von seiner Aufmerksamkeit überrascht. Am ersten Tag ihres Referendariats wartete er zum Beispiel mit einer Schultüte auf sie. Und er ist ihr gegenüber loyal und hat eine endlose Geduld mit ihren Stimmungsschwankungen. Sie kaufte ihm weder Geschenke, noch hatte sie die Nerven für seine schlechten Tage. Er nahm das hin, als ausgleichende Gerechtigkeit. Das rechnete sie ihm hoch an.

Ungefähr eine Stunde später klingelt es wieder an der Tür. »Wir bekommen Besuch«, sagt sie zu Hiba. »Ein Freund von mir. Und dann gehen wir einkaufen. Hast du Lust? Wir, ich kaufe dir was, das du so richtig magst.« Ihre Stimme ist unsicher, merkt sie. Sie weiß nicht, wie sie das erklären soll, wer er ist, wann »wir« schön klingt, wann »ich« im »wir« untergeht. Hiba hält sich in dem kleinen Flur im Hintergrund, aber sie ist neugierig, und das ist gut.

Minuten später steht Raphael vor der Tür. Er erwartet, das sieht sie ihm an, dass sie ihm in die Arme fällt nach Wochen der Trennung. Aber sie spürt Hibas Augen in ihrem Rücken. »Hallo, alles klar?«, und legt so viel Wärme, wie sie übrig hat, in ihre Stimme. Dann schaut sie zufällig auf seine Beine und bemerkt seine Jogginghose. Sie ist sicher, die hatte er vor einer Stunde nicht an. Ihr ist zum Lachen und zum Heulen. Seit Huzur ihn kennt, hat sie ihn noch nie in einer Jogginghose gesehen. »Denkst du, wenn wir zu Bolu, in einen türkischen Supermarkt im Wedding, gehen, muss man eine Jogginghose anhaben, weil der Türsteher einen nicht reinlässt?«, fragt Huzur. Raphaels Blick ist eine Sekunde lang überrascht, dann wechselt er zu genervt. Sie weiß, sie ist unbequem. »Komm erst mal rein«, sagt sie. »Ich habe einen Gast.« Sie sieht ihm den Verdacht an, der ihm durch den Kopf schießt, hält ihm weit die Tür auf, lässt ihn eintreten, und er läuft direkt auf Hiba zu.

»Hallo«, sagt er. »Wer bist du denn?« Hiba schaut ihn mit großen Augen an und bleibt stumm.

»Sie spricht Türkisch und, ich glaube, Arabisch«, sagt Huzur und übersetzt ihren Satz sofort auf Türkisch, damit Hiba weiß, was sie reden.

»Woher kommt sie, wie hast du sie kennengelernt?«, fragt Raphael.

Huzur erklärt es knapp und übersetzt ihre Worte für

Hiba. Zu ihrer Überraschung geht Raphael in die Hocke und sagt: »Willkommen, Hiba.« Huzur findet die Begrüßung ein bisschen feierlich, aber dass er mit dem Mädchen auf Augenhöhe spricht, gefällt ihr.

Er holt sein Smartphone raus. Er kennt Huzur zu gut, sie würde für ihn nicht übersetzen. »Hoşgeldin«, sagt er.

»Na, dann lass uns mal zusammen einkaufen gehen«, schlägt er vor. »Und übrigens: Es ist nicht das erste Mal, dass ich in DEINEM Wedding zu DEINEM türkischen Supermarkt gehe. Und Jogginghosen trage ich sonst auch.« Huzur ist still und sichtlich gekränkt.

Hiba hört ihm mit großen Augen zu. Als sie im Supermarkt stehen, ist Hiba plötzlich weg. Eine Sekunde vorher hat Huzur sie noch neben dem Einkaufswagen stehen sehen, und jetzt hat sie sich in Luft aufgelöst.

»Hast du Hiba gesehen?«, fragt sie Raphael sofort, der gerade die Aufschriften auf den Packungen von Fladenbroten liest, als müsste er sie auswendig lernen.

»Keine Ahnung, ich dachte, du hast sie im Blick und passt auf sie auf.«

»Hab ich auch, aber jetzt ist sie trotzdem weg.«

»Superjob.«

»Was soll denn das heißen? Hilfst du mir jetzt beim Suchen oder willst du rumlabern?«

»Ich gehe sie jetzt suchen«, sagt Raphael.

»Du rechts durch den Laden und ich links?«, fragt Huzur. Raphael nickt.

Der Eingang zum Supermarkt liegt nur wenige Meter

entfernt in Huzurs Richtung. Dort sieht sie Hiba stehen. Wollte sie raus auf die Straße laufen? Weg von ihr? Aber Hiba steht vor einem Eimer Kunstblumen.

»Hiba!«, ruft Huzur erleichtert. Die Kleine schaut überrascht auf, als hätte man sie aus einem Traum gerissen. »Hab ich mir Sorgen gemacht, du darfst nicht einfach so weglaufen, hörst du?« Sie umarmt Hiba, wischt sich Schweiß und Tränen mit dem Handrücken ab, sie hat gar nicht gemerkt, dass sie geweint hat. Huzur gibt sich die Schuld, wieder war sie unaufmerksam, unkonzentriert. Erst die Straße und jetzt das, sie muss wirklich besser aufpassen. Sie möchte nie mehr von Hiba getrennt sein, möchte am liebsten alle nächsten 24 Stunden im Leben mit ihr verbringen, denkt sie. Sie hat keine Ahnung, wie das gehen soll, dafür bräuchte es zum Beispiel ein bedingungsloses Grundeinkommen oder sie müsste Hiba mit zur Arbeit nehmen können. Raphael hat seine Runde rechts herum durch den türkischen Supermarkt beendet und ist ebenfalls kurz vor dem Eingang gelandet. Als er die beiden sieht, geht er sichtbar erleichtert auf sie zu. »Alles klar?«, fragt er, und obwohl Hiba kein Deutsch versteht, nickt sie und lächelt.

Im Elfi, dem zweiten türkischen Supermarkt, unweit von Bolu, passt Huzur gut auf Hiba auf. Sie lässt sie keine Sekunde aus den Augen, und trotzdem kommt es zu einem Zwischenfall. Huzur ist mit dem Einpacken der gekauften Lebensmittel in den Einkaufswagen beschäftigt, da bemerkt sie aus dem Augenwinkel, dass eine

Frau Hiba am Ärmel festhält. Sie fährt herum und starrt die fremde Frau an, die Hiba darauf sofort loslässt. Huzur wirft den Rest der Waren achtlos in den Wagen und eilt die wenigen Schritte zu dem Kind. »Alles gut?«, fragt sie und versucht Hiba hochzuheben, aber ihr fehlt die Kraft, und sie gibt auf. »Was war das eben?«, fragt sie die Fremde kurz und bündig. Die hält sich an der geschmeidigen Stange ihres Cybex-Kinderwagens fest, ihre Hände liegen auf der Mitte der Stange, dort, wo sie mit braunem Leder umkleidet und schön weich ist. Ihre Hände, bemerkt Huzur, passen perfekt an diese Stelle, sie sind weder zu groß noch zu klein. Genau richtig für die Norm des Kinderwagens. Die Frau lächelt, als hätte man sie bei etwas erwischt. Stimmt, denkt Huzur, ich habe dich dabei erwischt, wie du ein fremdes Kind am Ärmel festgehalten hast. »Ich dachte, also ich dachte, als sie sich gebeugt hat, dabei war zu beugen, so nah am Kinderwagen, da dachte ich …« Sie lässt den Griff des Kinderwagens los, deutet dabei auf ihren offenen Rucksack, der seitlich über den Rädern hängt.

Hiba versteht kein Wort, aber sie begreift, was die Frau sagt, und erklärt Huzur: »Ich habe gesehen, wie dem Baby der Ball aus der Hand gefallen ist, und es ist so klein, und die Mutter, die hat das nicht gesehen, die hat in eine andere Richtung geschaut. Also bin ich zu ihr hin und hab den Ball aufgehoben und wollte ihr den geben und das Baby glücklich machen, wie eine ältere Schwester. Ich wollte immer ein jüngeres Geschwisterchen haben. Und dann hat sie mich am Arm festgehalten, aber es tut nicht weh.« Die Frau hört Hibas Erklärungen zu, die sie nicht versteht, und ihr Gesichtsausdruck gewinnt an Sicherheit, das schlechte Gewissen von gerade eben ist schon wieder verflogen und hat leichter Arroganz Platz gemacht. Also lag ich doch nicht so falsch, steht ihr ins Gesicht geschrieben. Immerhin wartet sie, bis Hiba ausgeredet hat, dann holt sie tief Luft. »Das Ganze war offenbar ein Missverständnis.«

»Ein Missverständnis?«, fährt Huzur sie an. »Die Kleine wollte Ihnen nur einen Ball zurückgeben, den ihr Kind aus dem Wagen geworfen hat. Ich sehe ihn doch im Kinderwagen, dort auf der Decke liegt er. Kein Grund, ein fremdes Kind am Ärmel zu ziehen.«

»Nun ja, ich dachte … im ersten Augenblick«, wieder wandert ihr Blick zu ihrem halb offenen Rucksack. »Hier im Wedding oder in Wedding? Keine Ahnung. Auf jeden Fall sitzen hier manchmal draußen vor dem Geschäft Frauen mit ihren Kindern, das haben Sie bestimmt auch schon bemerkt. Sie wollen Geld, und ich dachte, man hätte die Kleine losgeschickt, und sie kann ja auch kein Deutsch, deswegen wurde ich noch skeptischer.« Ich möchte und muss mir das nicht weiter anhören, denkt Huzur. Keine Einsicht, kein Wort der Entschuldigung, kein Lächeln in Richtung Hiba, nichts. Doch mit einem Mal lächelt die Fremde, sie lächelt aber nicht Huzur oder Hiba an, merkt Huzur, ihr Blick ist auf etwas oder jemandem in ihrem Rücken gerichtet. Huzur dreht ihren Kopf und sieht Raphael auf sie zukommen. Erleichtert und müde, als wäre er einen Marathon gelaufen und würde jetzt nach dem Ziel noch ein paar Meter schlendern und lächeln für die Kameras. Huzur fällt auf, wie gut er zu der fremden Frau passt, rein kleidungsmäßig. Beim Rest ist sie nicht sicher, will es nicht sein.

»Hey, was machst du hier?«, fragt Raphael und legt dabei seine Hand auf Huzurs Rücken, sie ist gegen ihren Willen froh über diese besitzergreifende Geste. »Hey, na du, was machst du hier?«, fragt die fremde Frau zurück. Raphael fragt wieder etwas, die Frau mit dem Kinderwagen antwortet. So geht das hin und her, Antworten und Fragen bleiben vage, aber man bestätigt einander im Denken, Beobachten und Handeln. »Ja, voll gut.« »Ja, krass.« »Mega.« Huzur hört zu, ohne viel mitzubekommen, was die beiden sagen, interessiert sie auch gar nicht, sie hat das Gefühl, es spielt nicht einmal für die beiden eine Rolle. Aber sie möchte diese Kunst des Small Talks unbedingt lernen. »Ihr kennt euch also, ihr gehört zusammen«, sagt die Frau mit dem Kinderwagen in einer Mischung aus Frage und Feststellung. Der erste Satz, der bei Huzur ankommt. Er klingt nach einem Schluss. Sie mustert Raphael von der Seite und ist gespannt. Er antwortet mit einem schlichten Ja, und sofort kommt ein wenig Altarstimmung auf, findet Huzur, so als würde er schon mal für den großen Tag im Leben üben, hier in diesem Supermarkt. Huzur möchte ihn am liebsten auf der Stelle hier stehen lassen und mit Hiba allein weiterziehen. Sofort darauf sagt ein verschwitzter Mitarbeiter mit zwei Kisten Thymian, er müsse hier durch. Und die Frau mit dem Kinderwagen, deren Namen Huzur immer noch nicht kennt, vielleicht ist er Raphael entfallen und er hat sie deswegen einander nicht vorgestellt, ist es unangenehm, im Weg zu stehen. Sie setzt ein Lächeln auf und schiebt ihren Kinderwagen zur Seite. Huzur schaut auf den Scheitel von Hiba, die sich von dem Kinderwagen und der Frau fernhält und an ihrem Bein klebt. Der Mann hat mit seinem Satz das Signal zur Auflösung der Runde gegeben. Man verabschiedet sich voneinander, und die fremde Frau schiebt ihren Kinderwagen durch die Schiebtür. Huzur geht vor Hiba in die Hocke und sagt: »Merk dir eins, Helfen ist gut, aber nicht jedem. Hilf nicht jenen mit sanften Händen. Diese Hände haben nur Creme und Geld gesehen. Es sind die Hände der Wohlhabenden. Sie schlagen anders als die Faust. Sie schlagen unsichtbar zu.« Und zu Raphael gewandt: »Wer war das?«

»Ach, das war eine Mitschülerin vom Gymnasium, wir waren zusammen in der Ruder-AG.« Huzur schaut ihn lange an. Sie ist froh, dass das Ganze in diesem Supermarkt passiert ist, in diesem Bezirk und nicht in Dahlemdorf.

Als sie sich später vor Huzurs Wohnungstür voneinander verabschieden, besteht Raphael auf einer innigen Umarmung und wiederholt die Einladung bei den Eltern. Seit

dem Vorfall in der Schule fällt es ihr schwer, Nähe zuzu-
lassen, vor allem, wenn es Menschen wie Raphael sind,
die in den gleichen Räumen ganz anders empfangen werden. Huzur hat ihn in den letzten Stunden auf Distanz
gehalten. Zärtlichkeiten vor Hibas Augen hätten sie überfordert, dazu kennt sie das Mädchen zu wenig. Woher
sollte sie wissen, was Hiba sich dabei gedacht hätte?
Huzur hätte sich auf einen Schlag in einen ertappten
Teenager verwandelt oder wäre sich vorgekommen wie
eine Mutter in flagranti. Was sie weiß: Im Augenblick ist
sie für das Wohl dieses Mädchens verantwortlich und hat
damit schon genug zu tun. Also hat sie Raphaels An-
näherungsversuche abgewehrt. Jetzt nestelt er an ihr
herum, zieht sie in eine Umarmung, keucht in ihre Hals-
beuge und murmelt etwas, das sie lieber nicht versteht.
Sie schiebt ihn entschlossen, aber sanft von sich weg und
sagt: »Einverstanden. Ich meine, was die Einladung bei
deinen Eltern angeht. Kommst du uns am Sonntagmor-
gen um elf abholen? Und sagst du deinen Eltern, dass wir
zu zweit kommen? Danke dir. Schön, dass du da warst.«
Sie wirft ihm ein Lächeln zu, winkt kurz und schließt die
Tür.

Am Samstag holt Raphael Huzur und Hiba mit dem
urangrauen VW Touran seiner Eltern ab. Auf den Vor-
dersitzen geben Huzur und Raphael sich ein High Five,
was Raphael auf der Stelle gerne in eine lange Umarmung,
inklusive in ihre Haare zu fassen, verwandelt hätte.
Raphael lacht. Er lacht immer, wenn er unsicher ist. Und

unsicher ist er, spürt Huzur. Wahrscheinlich liegt ihm der Besuch so schwer im Magen wie ihr. Er hofft, dass ihr der Auftritt gelingt, sie fürchtet, dass er nicht gelingt.

Im Auto riecht es neutral, am Rückspiegel hängt weder ein Duftbaum noch ein Kreuz aus Holz, keine Gebetskette, keine Kette mit blauen Augen. Hiba ist verwirrt. In letzter Minute steigt Huzur aus und sezt sich nach hinten auf den Rücksitz zu Hiba. Die Kleine soll ihre erste gemeinsame Autofahrt nicht mutterseelenallein auf einer Rückbank verbringen. Außerdem geht es ihr auf die Nerven, dass Raphael ihren Wunsch nach Distanz missachtet, sie findet, er könnte sensibler sein in Gegenwart des Mädchens. Sie zeichnet für Hiba mit dem Zeigefinger eine Linie in die Luft, vom Norden in den Süden. Dann schaut sie auf Google Maps nach. »Wir fahren unter anderem durch Mitte, die Mitte der Stadt, wo die Mitte der Gesellschaft wohnt. Dort habe ich noch nie eine Moschee gesehen. Wir fahren durch die Stadt bis nach Dahlemdoof.«

Raphael dreht sich nach hinten zu ihnen um. »Was erzählst du ihr da gerade?« Er hat das letzte Wort offenbar aufgeschnappt.

»Schau nach vorn, du musst fahren.«

»Bring ihr wenigstens die richtigen Ortsnamen bei.«

»Dahlemdoof oder Dahlemdorf – dort wird sie eh nie im Leben wohnen.«

Raphael schüttelt nur den Kopf und sagt nichts mehr.

Sie kommen am Dorotheenstädischen Friedhof vorbei

und Huzur muss an ihr Studium denken. Sie erinnert sich an Kommilitonen, die auf dem Friedhof Sonnenblumenkerne knabberten, über Friedrich Hegels Weltgeist diskutierten und ihn für seine Dialektik lobten. Manchmal lasen sie dort einander auch Gedichte von Thomas Brasch vor. Hinterher erzählten sie Huzur davon, während sie gemeinsam vor einem Seminarraum warteten. Auf dem Friedhof bete man nicht, sagten sie, als Huzur verwundert nachfragte, und man müsse auch nicht still und traurig sein, eigentlich sei der Friedhof so etwas wie ein Park, ein Ort, um in Berlin mal Ruhe zu haben. Dorthin wollte sie nicht mitkommen, entschied sie. Sie wollte keinen Friedhof ohne *al fatiha*, die erste Sure des Korans, der für die Seelen der Verstorbenen rezitiert wird. Die Kommilitonen fanden das übertrieben, das sah sie ihnen an. Sie fragten sie nie wieder, ob sie irgendwohin mitkommen wollte. Warum hat sie ihnen das bloß verraten, ärgerte sich Huzur, als sie den Grund herausfand. Es war so unnötig gewesen, ihnen den wahren Grund zu sagen.

Auf der Fahrt nimmt sie ihren Schminkbeutel aus der Tasche, schaltet die Spiegelfunktion ihres Smartphones ein und tupft sich mit ihrem Zeigefinger Make-up aufs Gesicht. Make-up ist ihr seit Beginn des Referendariats heilig, es ist eine Schutzschicht über ihrer Dünnhäutigkeit, ein Schutz vor der Kälte von Blicken, Worten und Urteilen. »Zu dick aufgetragen« war dann allerdings ein Urteil gewesen, das sie nicht ignorieren konnte, also trägt sie das Make-up immer nur auf der T-Zone auf. Sie verzichtet auf ihren roten Lippenstift, pinselt nur leicht ihre Augenbrauen an. Huzur öffnet ihren Kulturbeutel weiter, zieht mit dem Eyeliner vorsichtig einen Lidstrich, korrigiert ihn mit einem speichelfeuchten Wattestäbchen und tuscht ihre Wimpern.

Die drei haben den größten Teil der Strecke hinter sich gebracht. Sie sind am Stadtrand angekommen, in Dahlemdorf. Dort, wo man hinmöchte, denkt Huzur, nicht unbedingt, weil man es dort so schön findet, sondern weil der, der dort lebt, in den Augen seiner Umwelt ein gutes, erstrebenswertes Leben hat und sich in der Mitte der Stadt nichts mehr beweisen muss. Und wenn dieser Rand doch jemandem missfällt, sich irgendwer darüber lustig macht, dann liegt der Neid ganz nah und die Neidischen sitzen auf den Gleisen, bis die Bahn sie am U-Bahnhof Dahlemdorf überrollt, wo Huzur, Raphael und Hiba vorbeifahren.

In Dahlemdorf über Kopfsteinpflaster zu fahren, fühle sich an, wie auf einem wackeligen Traktor in einem der Dörfer in der Umgebung von Bucak unterwegs zu sein, sagt sie nach vorn zu Raphael. Und dann ergänzt sie: »Doch da sind die Serpentinen in der Türkei mit den tausend Warnschildern spannender als diese Gegend mit den tausend Zäunen. Um dir nur ein paar von unseren Slogans zu nennen: Denk an deine Kinder, denk an deine Eltern, denk an ein Leben mit Behinderung, denk an das Jenseits, an deine Mitfahrenden, denk einfach an alle und neuerdings denk auch mal an dich.« Raphael lacht, und

Huzur haut ihm von hinten leicht auf die Schulter, weil Hiba eingeschlafen ist. Sie braucht nicht einmal hinzuschauen, um das zu wissen. Sie fühlt es, und auf dieses Bauchgefühl ist sie ein wenig stolz. »Hiba schläft«, sagt sie leise.

Raphael stellt die Musik aus und sagt leise: »Mutti, Mutti, Mutti.« Huzur beugt sich nach vorne, hält sich an seinem Sitz fest und versucht ruhig zu bleiben. Sie erklärt ihm mit einem stechenden Schmerz im Hals, den sie bekommt, wenn sie sich aufregt und trotzdem leise reden muss, das sei Fürsorge, und Fürsorge habe sie in ihrem Elternhaus gelernt, Rücksicht auf andere zu nehmen übrigens auch. Sie habe das lernen müssen. »Schließlich hatte ich nicht mal mein eigenes Zimmer.«

Raphael lacht stimmlos und beißt sich auf die Unterlippe. Danach schweigen sie für den Rest der Fahrt, sie sind sich wortlos einig, dass sie Hiba nicht wecken möchten. Huzur lässt sich gegen die Rückenlehne fallen und schließt die Augen, die Situation der Rücksichtnahme ist ihr so vertraut, dass sie mal eine Welle der Wut und mal die Bereitschaft der kompletten Selbstaufgabe mit sich bringt.

Der Wagen hält vor einem Einfamilienhaus mit Vorgarten. Das ist also Raphaels Elternhaus, denkt sie. Seine Eltern Cecile und Fred haben es vor zwanzig Jahren günstig erworben. Den Vorbesitzern, einem alten Ehepaar, war das Haus nach dem Wegzug der Kinder zu groß. Freds Eltern haben etwas zu dem Hauskauf beigesteuert. Die beiden waren damals froh, aus Kreuzberg mit den Kindern wegzuziehen. Die Kinder sollten ihre Kindheit nicht in Hinterhöfen verbringen, außerdem war es ihnen zu laut. Huzur weiß das alles von Raphael. Sie blickt an der Fassade hoch, sandfarbener Putz, Efeuranken. Ein schmaler Gehweg führt durch den Vorgarten zur Haustür.

Huzur hält die verschlafene Hiba an der Hand. Sie selbst kämpft mit Aufgeregtheit, warum eigentlich, denkt sie. Vielleicht hätte sie Hiba vorher mehr erzählen sollen, wohin sie gehen, wer diese Menschen sind, die sie besuchen. Raphael schließt bereits die Tür auf. Huzur fühlt sich wie eine Schauspielerin, die plötzlich vor offenem Vorhang auf der Bühne steht, unvorbereitet, mit Lampenfieber. Hiba und Huzur treten kurz mit stampfenden Schritten auf der Fußmatte auf der Stelle, hoffentlich sind die Schuhe sauber, denkt Huzur. Sie stehen sofort in der Küche. Huzur zählt acht Stühle rund um einen Tisch, auf dem eine Wasserflasche aus Glas steht und eine Obstschale mit Orangen und Ingwer. Das wundert Huzur nicht, Raphael trinkt jeden Morgen seinen Shot Orange mit Ingwer, manchmal noch mit Kurkuma. Offenbar eine Familientradition, irgendwo in einem Urlaub aufgeschnappt, in irgendeinem Buch gelesen, vermutet sie, Gewöhnliches und Ungewöhnliches miteinander verrührt.

Ansonsten typische Designerküche, klassisch, elegant, blütenweiß. Nicht sehr praktisch, befindet sie. Es sei denn, sie ist mehr zum Anschauen als zum Kochen da.

Ein besonderes Feature: ein rechteckiger Wasserhahn über zwei quadratischen Becken, dazu ein passendes Siebkörbchen. Fred ist Architekt, weiß Huzur von Raphael. Die in einer weißen Küche so notwendigen Farbakzente stammen von den Geschirrtüchern, auf dem Boden liegt ein vermutlich handgeknüpfter Teppich. Huzurs Blick wandert zum Kühlschrank, an der Edelstahltür sind mit roten kreisförmigen Magneten Familienfotos befestigt, ihr fallen sofort die Küchen von US-amerikanischen Serien ein. Cecile, Fred und Rahel stehen in der Küche verteilt und kommen nacheinander auf sie und Hiba zu. Cecile hält sich an ihrer cognacfarbenen Strickjacke fest, die sie sich um die Schulter gelegt hat, und beugt sich zu Hiba hinunter. »Wie heißt du denn?« Hiba wirft einen hilfesuchenden Blick zu Huzur.

»Hiba.«

»Hiba? Was für ein schöner Name.« Es klingt nicht so, als würde sie Hiba für einen schönen Namen halten. Eher ist »schön« hier ein Synonym für »fremd«. Hiba blickt neugierig auf Ceciles Birkenstock-Sandalen. Huzur fängt ihren Blick auf, sie nennt solche Sandalen insgeheim Ziegelsteine. Cecile fragt wie nach einer Bedienungsanleitung, »Wie wird der Name genau ausgesprochen?«

»Sie können sie einfach Hiba nennen«, antwortet Huzur und weiß zugleich, wäre es nicht Raphaels Mutter und nicht ihr Zuhause, sie würde »so, wie man es schreibt« antworten.

Als Cecile ihr die Hand zur Begrüßung entgegenstreckt

und sie dabei mustert, wird Huzur klar, dass man sie mit Raphaels Ex-Freundin vergleichen wird. Soweit sie weiß, kommen die Eltern von Raphaels Ex-Freundin aus einer iranischen Großstadt, und ihr Vater hat eine Arztpraxis. Keiner der Freunde oder Bekannten von Huzurs Vater ist ein Arzt. Ihre Mutter ist weder mit einer Ärztin noch mit einer Arzthelferin befreundet. Huzurs Mutter würde sich freuen, in einer Arztpraxis als Reinigungshilfe zu arbeiten. Da hätte man einen Praxisschlüssel, würde sie sagen, und wenn alle weg sind, kann man ganz in Ruhe sauber machen. Keiner würde auf dem feuchten Boden reinlaufen, ihr auf die Finger schauen, ihre Technik bemängeln.

Rahel, Raphaels jüngere Schwester, hält ihr Kind auf dem Arm und lächelt Huzur an. Fred begrüßt sie per Handschlag und überlässt dann seiner Frau die Gesprächsführung. »Sind Kinder nicht das Schönste auf der Welt? Unsere Zukunft und Hoffnung?«, sagt Cecile und schaut in die Runde, ihr Blick bleibt erst bei Hiba, dann bei ihrem Enkel hängen. Huzur schaut sie einfach nur mit hochgezogenen Augenbrauen an, sie hält nichts von solchen Allgemeinplätzen.

»Wollt ihr etwas trinken?«, fragt sie die beiden Kinder und klatscht dabei in die Hände. »Saft? Wasser? Vielleicht einen Kakao?«

Huzur übersetzt für Hiba. Die hätte gerne einen Kakao. »Übernimmst du das?«, fragt Cecile ihre Tochter und greift nach ihrem Enkel, aber der will auf den Boden und sich Hiba aus der Nähe ansehen. Cecile klemmt sich ihre Haare hinter ihr Ohr und erinnert Huzur an eine Internatslehrerin. Rahel macht sich am Herd zu schaffen, setzt auf Nachfrage Kaffee auf, während Hiba und der kleine Enkel der Familie einander gegenüberstehen und sich schweigend mustern. Der Kleine nuschelt einen Satz an seinem Schnuller vorbei, Huzur versteht etwas von Spielsachen.

»Kinder, trinkt erst mal euren Kakao, sonst wird der kalt«, fährt Cecile dazwischen und bittet die Erwachsenen, Platz zu nehmen. Huzur zieht ihre Jacke aus, Hiba tut es ihr gleich und reicht ihre Jacke an Huzur weiter. Wird Raphael ihnen die Jacken abnehmen, fragt sie sich. Aber er sitzt bereits auf dem Stuhl zu ihrer Linken, und sie hängt ihre Jacke über den Stuhl, den Cecile ihr mit einer unnötigen Geste zuweist. Rahel stellt Zuckerdose und Milchkännchen, beides aus Edelstahl, auf den Tisch, dickwandige Espressotassen mit passenden Untertassen und für die Kinder zwei Becher mit Kakao. Sie nimmt gegenüber von Huzur, Hiba und ihrem Bruder Raphael Platz, und Huzur denkt: Wir drei sitzen hier wie eine kleine Familie, das darf nicht wahr sein. Von Raphael weiß sie, dass Rahel alleinerziehende Mutter ist, der Vater der Familie unbekannt.

»Ich wusste gar nicht, dass du auch ein Kind hast«, sagt Rahel freundlich. »Raphael hat gar nichts davon erzählt.«

»Ich bis vor ein paar Tagen auch nicht«, antwortet

Huzur wahrheitsgemäß und erzählt von ihrer Begegnung mit Hiba. Sie sieht den Gesichtern von Cecile und Fred an, dass sie bei ihrer Geschichte aufhorchen.

»Und haben Sie sich schon mit den Behörden in Verbindung gesetzt?«, fragt Fred. Seit der Begrüßung hat er kaum ein Wort gesagt, es ist der erste vollständige Satz, den Huzur von ihm hört. »Ich würde annehmen, das Jugendamt ist zuständig.«

»Mach ich alles noch«, antwortet Huzur lächelnd, aber in einem Tonfall, der, so hofft sie, nicht zu weiteren Fragen einlädt. Sie bemerkt, wie Fred und Cecile einen Blick wechseln, der ihr nicht behagt. Das Gespräch plätschert ein bisschen vor sich hin, weitere heikle Fragen werden vermieden.

»Dürfen wir mit den Kindern ein bisschen nach draußen?«, fragt Huzur, nachdem der Espresso ausgetrunken ist und immer längere Pausen entstehen. Sie hat vor dem Kaffee kurz an der Fensterfront gestanden, die auf einer Seite des Raums einen weiten Blick auf den Garten erlaubt. Und dort steht ein Trampolin. Sie ist sicher, das würde Hiba gefallen und sie könnte dem Verhör und der Belehrung von Cecile und Fred entkommen. Der Kleine wartet keine Antwort ab, rutscht von Rahels Schoß und läuft zur Terrassentür voraus. Huzur, Hiba und Rahel folgen. Huzur sieht noch, wie auch Raphael aufsteht, um sich ihnen anzuschließen, und die Eltern noch sitzen bleiben.

Der Kleine rennt zum Trampolin, Hiba greift nach

Huzurs Hand. Als sie beide davorstehen, tobt er bereits darauf herum. »Möchtest du auch?«, fragt Huzur. Hiba nickt schüchtern. »Komm, ich zeig's dir, du musst keine Angst haben.«

»Gabriel«, ruft Rahel, aber Huzur sieht ihr den Mutterstolz an und findet sie kurz nicht mehr sympathisch.

»Da ist kein Helm nötig, oder?«, witzelt Rahel. Huzur lacht herzlich, man kann ihre Zunge zwischen den Zähnen sehen.

»Da hast du dir ja was vorgenommen«, sagt Rahel neben ihr, ohne sie anzusehen. Huzur schaut auf ihr Profil. Was denn? Hätte sie sich was vornehmen sollen? Hiba hüpft gerade, immer noch langsamer und vorsichtiger als der Enkel.

»Was meinst du?«, fragt sie zurück.

»Na ja, einfach wird das nicht, mit Jugendamt, Pflegeschaft, Sorgerecht. Kennst du dich da aus?«

»Nein«, sagt Huzur. »Aber ich werde es erfahren.«

Rahel erzählt von ihrer Schwangerschaft, der Übelkeit, den Dehnungsstreifen, die immer noch nicht weg sind, und dass der Kleine ohne Vater aufwächst, was viele traurig macht, wenn sie es erfahren. Und dass die Leute oft glauben, der Kleine sei nicht ihr Kind, weil er eine andere Hautfarbe hat. Wie oft sie das Gefühl hat, sich rechtfertigen zu müssen, als hätte sie den falschen Mann geliebt und als hätte sie jetzt das falsche Kind. »Meine Eltern sind noch nicht darüber hinweg, auch wenn sie sich alle Mühe geben, es zu verbergen.« Sie habe die Hoffnungen der Familie nicht erfüllt. Aber wie lustig, lacht sie dann, auch ihr Bruder habe stets Freundinnen mit Migrationshintergrund. »Das liegt wohl in der Familie.«

Huzur lacht nicht mit. Sie fragt sich, wie man in einer Stadt wie Berlin leben kann und hier einen Partner ohne Migrationshintergrund haben kann. Sie merkt aber auch, Rahel hat sich noch nicht mit dem Thema auseinandergesetzt. Sie setzt Migrationshintergrund und Rassifiziertsein gleich. Und überhaupt, meint Rahel das ironisch, im Sinne von komisch oder im Sinne von merkwürdig? Beides ist verletzend. Als würden Rahel und Raphael zu etwas Besonderem, weil sie sich Partner mit Migrationshintergrund aussuchen. Als würden sie sich fremde exotische Federn an den Hut stecken oder als würde ihr Leben farbenfroher sein durch die Partnerschaften, damit es aufregender wird.

»Du, schau mal«, sagt Rahel und hebt ihr Kinn in Richtung Trampolin. Hiba hüpft nicht mehr, sondern wimmert, sie möchte aus dem Gefängnis raus. Huzur öffnet das Sicherheitsnetz, Hiba kommt schniefend raus und streckt Huzur ihre Arme entgegen. Gabriel kommt ebenfalls angekrabbelt. Huzur hebt beide nacheinander vom Trampolin und setzt sie auf dem Boden ab und entschuldigt sich bei Hiba und umarmt sie lange.

Es wird kühl, man geht wieder ins Haus. Fred setzt Wasser für Tee auf. Raphael nimmt wieder neben Huzur Platz, Cecile sitzt ihnen gegenüber. Rahel verschwindet mit ihrem Sohn nach oben, er nörgelt ein wenig, vielleicht schläft er ja ein, ruft sie von der Treppe aus.

»Kaltland hier«, meint Cecile, um die Stimmung aufzulockern. Alle lachen, Huzur schmunzelt. »Bei Ihnen zu Hause ist es sicher immer noch warm.« Huzur gefriert das Schmunzeln. Sie überlegt kurz, wenn die Heizung an ist, dann ist es bei mir zu Hause warm, denkt sich Huzur. »Na, die Kleine wird sich auch erst noch dran gewöhnen müssen«, fügt Cecile an.

Damit sich Hiba nicht an dem Tisch mit den Erwachsenen langweilt, reicht Huzur ihr ihr Smartphone weiter. Sie hat keine Ahnung, welche Spiele für Hiba altersgerecht sind. Als sie in diesem Alter war, gab es Snake-Spiele. Hiba sieht sie beglückt an, und Huzur beugt sich zu ihr und öffnet Instagram, da gibt es wenigstens Bilder, und Huzurs Algorhythmus wird ihr sicherlich nicht Kindergefährdendes vorschlagen.

Aber Hiba hat eine andere Idee. »TikTok?«, fragt sie leise. Während Huzur versucht, sich dem schleppenden Tischgespräch zu widmen, Rahel ist mittlerweile auch an den Tisch zurückgekehrt, lädt sie die TikTok-App auf ihr Handy. Hiba ist mit ihrer Schulter ganz nah an Huzur herangerückt, sie kann es kaum abwarten und langt immer wieder nach dem Telefon. Raphael fällt ein, dass sie noch irgendwo alte Kinderspiele haben müssten, er wolle sie sofort suchen gehen. Huzur ist insgeheim verärgert, dass er sich davonstiehlt und sie seinen Eltern ausliefert.

»Ihr beide seid ein nettes Paar«, sagt Cecile. Fred

nimmt einen Schluck Tee und pflichtet ihr bei. »Wir haben gerade im Garten darüber gesprochen, wie sympathisch wir dich finden. Du wirkst sehr selbstständig. Raphael ruft uns bei Problemen immer noch an«, sagt er in vertraulichem Tonfall.

»Wie läuft es übrigens mit Ihrem Referendariat? Gefällt Ihnen die Arbeit an der Schule?«, erkundigt sich Cecile.

Huzur überlegt kurz, ob Raphael seinen Eltern von Kopftuchgate und der Krankschreibung erzählt hat. Aber dann hätte Cecile vermutlich eine andere Frage gestellt, etwas wie, geht es Ihnen wieder gut? Was hat Ihnen gefehlt?

»Gut, danke«, sagt Huzur. »Die Arbeit macht mir Spaß.« Immer schön kurz und knapp halten, wie eine Nachrichtensprecherin, nur fehlt der Glitzer, nur fehlt mein Mikrofon, denkt sie.

Huzur hört Schritte auf der Treppe und hofft, dass es Raphael ist und er ein Spiel mitgebracht hat. »Mama, weißt du, wo die Sachen sind?«, ruft er von der Mitte der Treppe übers Geländer.

Cecile lacht. Cecile lacht immer, denkt Huzur. Wahrscheinlich lacht sie auch dann, wenn sie weinen müsste, wenn sie wütend sein müsste. Die Spuren des Lebens sollen sich bitte nur in Lachfalten verwandeln.

»Sehen Sie, das hat mein Mann gerade eben gemeint. Er fragt bei allem immer noch uns.« Raphael kommt die Treppe herunter, man sieht ihm seine Verlegenheit und seinen unterdrückten Ärger an.

»Du kannst gerne selbst nachsehen, Mama, ich habe die Spiele oben im Schrank nicht gefunden.« Cecile erhebt sich mit einem Komplizenblick Richtung Huzur – siehst du, alles muss man in diesem Haus selbst in die Hand nehmen.

Auch Cecile kann die alten Kinderspiele nicht finden, vielleicht sind sie auf dem Speicher gelandet, entschuldigt sie sich. Das Gespräch plätschert dahin, man hat sich nicht viel zu sagen, wenn es an der Oberfläche bleiben soll. Und für Tiefgründiges ist es in dieser Runde zu früh und zu spät für die Uhrzeit. Hiba langweilt sich mit TikTok und rutscht unruhig auf ihrem Stuhl hin und her.

»Ich glaube, wir müssen langsam nach Hause«, sagt Huzur. Raphaels Eltern entlassen sie und Hiba bald darauf mit falschem Bedauern. Man sieht ihnen an, dass sie müde sind. Auch Huzur ist müde. Raphael bietet an, sie nach Hause zu fahren, aber Huzur lehnt ab. Mit einer Talk-to-my-hand-Geste, die Huzur immer macht, wenn wirklich Schluss ist und sie weg möchte, macht sie ihm das deutlich.

Sie warten auf keinen Bus, der sie zum Bahnhof bringt. Hier, weit weg von allem, fährt der Bus nicht in dem Takt, in dem Huzurs Herz schlägt. Hier fährt man Fahrrad oder nimmt das Auto. Und so bleibt den beiden nur, zu Fuß zu gehen. Im Dunkel der Nacht legen Huzur und Hiba einen zügigen Schritt hin. Huzur hat Angst, was, wenn ein weißer Mann kommt und sie anmacht, sie beide entführt oder Hiba entführt. Hier in dieser Gegend ist um diese Uhrzeit niemand vor der Tür, da sitzt man am Kaminfeuer oder dreht die Fußbodenheizung auf und entspannt sich bei einem Glas Wein. Keiner könnte die beiden retten. Selbst, würde sie jemand retten wollen, vermutlich nicht. Sie laufen schnell vor Angst, vor ihrer Angst. Huzur hofft auf das Wohltun und die Sicherheit der schnellen Schritte. Sie hofft, Hiba wird müde und schläft später zu Hause einfach ein. Wenigstens wartet die U-Bahn in der einsamen Nacht auf die beiden wie eine Kutsche. Sie steigen ein, blicken nach draußen zur Wartebank auf dem Bahnsteig. Dort sitzen drei Figuren aus Holz, zwei Frauen und in ihrer Mitte ein Mann. Den Penis hätte man im Wedding vermutlich längst abgehackt, überlegt Huzur. Da fährt die Bahn auch schon los, offenbar sind sie im Waggon die einzigen Fahrgäste. Huzur erklärt Hiba, dass auf den Fenstern das Brandenburger Tor abgebildet ist. Wahrzeichen Berlins, zu Silvester im Fernsehen zu sehen. Sie gibt ihr die Aufgabe zu zählen, wie viele es davon im Waggon gibt. Die Fahrt mit der ihr fremden U3 erinnert sie an ihre U-Bahn-Fahrten mit ihrer Mutter in der U2, wenn sie zu irgendeinem Angebot, das bei Lidl oder Aldi in Wedding ausverkauft war, nach Prenzlauer Berg fahren mussten. Kaum einer stand mal für die Mutter auf, obwohl man sie oft für Huzurs Großmutter hielt, also ein gewisses Alter annahm. Einmal bat Huzur eine Frau, ihre Tasche auf den Schoß zu nehmen, damit sich die Mutter in der vollen, schaukelnden Ring-Bahn hinsetzen könne. Die Frau nahm zögerlich ihre Tasche auf, umarmte sie auf ihrem Schoß und sah Huzur an, als sei sie Rosa Parks. Ein anderes Mal setzte sich eine Frau ihr und der Mutter gegenüber, ihre Nase verwandelte sich vor lauter Entrüstung in eine Pitbull-Nase. Huzur machte heimlich ein Foto und schickte es mit der Bildunterschrift »Nazi« an ihre Freundin Caro. Eine Station später holte die Frau die *Junge Freiheit* aus ihrer Tasche. Huzur ist froh, dass sie mit Hiba eine ruhige Fahrt hat. Doch die Frage aus den U-Bahn-Momenten in der U2, was mache ich hier eigentlich?, stellt sie sich auch heute während der Rückfahrt auf der Linie U3, fernab von diesen Erfahrungen und immer wieder dabei, in einer unendlichen Schleife durch den Schmerz zu gehen, bis es nicht mehr schmerzt. »Was mache ich hier eigentlich?«, ist die Frage, die sie den Weg zu ihren Träumen nicht gehen lässt, die die Brücke einstürzen lässt. Diese Frage kostet sie ihre Träume. Die Frage ist die Glastür, gegen die sie läuft. Dieser Frage, der will sie Hiba nicht ausliefern.

Zu Hause angekommen, schlüpfen Huzur und Hiba aus ihren Schuhen, hängen die Jacken an die Haken im Flur, ziehen übergroße T-Shirts an. Es ist kühl in der Wohnung, Huzur dreht die Heizung auf.

Huzur kann nicht einschlafen, setzt sich an den Rand ihres Betts, in dem Hiba liegt, und sieht ihr beim Schlafen zu, wie sie mit der einen Hand ihre andere Hand hält, als würde sie sich nach einer Hand sehnen, aber könnte ihre Hand niemandem anvertrauen im Schlaf. Sie träumt von einer Welt für Hiba, für sich, für Hiba und sich. Ich verdiene nicht gut genug Geld für uns beide, überlegt sie. Ich werde aber auf keinen Fall bei einer Behörde um Geld betteln. Dafür habe ich nicht studiert. Mein Tag hat nur 24 Stunden, und ich habe schon jetzt 30 Stunden Arbeit. Wie soll ich da noch ein Kind unterbringen? Und wenn ihr was zustößt? Wenn sie mal krank wird? Ich weiß, wie schwer es ist als Migrantin, bei mir liegt das zwei Generationen zurück und hört immer noch nicht auf, du, Hiba, hast die Migration durchlitten.

In der folgenden Woche ruft Huzur beim örtlichen Jugendamt an, erklärt kurz ihre Lage und bittet um Informationen. UMF hört sie, drei Buchstaben, eine Abkürzung für das unbeschreibliche Leben und den unbeschreiblichen Zustand. Man sagt ihr, es sei möglich, die Pflegschaft für ein UMF, eine minderjährige unbegleitete Geflüchtete, zu übernehmen, und gibt ihr eine Adresse, an die sie sich zunächst wenden kann. Man werde über ihre Eignung befinden, und auch das Kind werde nach seiner Meinung gefragt. Allerdings gehe man von einer längeren Wartezeit aus, denn hier in Wedding gebe es ein großes Aufkommen an Pflegekindern. Auch das Schulamt ruft Huzur an. Hiba soll, wenn es nach Huzur geht, so schnell wie möglich in die Schule, in das deutsche Sprachbad eintauchen, Teil des Bildungssystems werden. »An Ihrer Schule?«, fragt die Sachbearbeiterin am Telefon. »Haben Sie eine eigene Schule gegründet? Würde mich nicht wundern in dieser Stadt. Oder meinen Sie die Schule, die Sie als Schülerin besucht haben?«

Huzur präzisiert: »Ich meine, die Schule, an der ich mein Referendariat absolviere. Ich könnte dem Mädchen Nachhilfe organisieren, den Übergang erleichtern.«

»Ach so. Sie ist neu hier? Sprechen Sie mit meinem Kollegen. Das Mädchen muss in eine sogenannte Willkommensklasse. Rechnen Sie mal mit sechs Monaten Wartezeit, mindestens. Sie wissen bestimmt, in Mitte dauert alles länger.« Huzur wiederholt, sechs Monate, in einem Tonfall, aus der selbst diese Frau Verzweiflung heraushören muss. Wie soll sie das hinbekommen? Und Hiba würde ein halbes Jahr Schule verlieren. Warum muss ein Kind, das soviel verlor, noch mehr verlieren? Doch wie soll sie sich ein halbes Jahr durchgehend um Hiba kümmern? Und wenn Huzur nicht die Mutter, sondern nur die Dolmetscherin sei, fügt die Sachbearbeiterin hinzu, dann müssten zum ersten Termin natürlich auch die Eltern mitkommen.

Die Woche darauf erhält Huzur eine E-Mail von ihrem Hauptseminarleiter.

Liebe Frau Özyabanci,
ich hoffe, es geht Ihnen besser, und Sie können wieder in die Schule kommen.
Ich habe mit der am Konflikt beteiligten Kollegin und Ihrer Schulleitung einen Termin vereinbart. Wir treffen

141

uns am ersten Hauptseminartag, nach dem Seminar
um 16.30 Uhr in der Schule.
Ich freue mich, Sie wieder im Seminar begrüßen zu
dürfen, und gehe davon aus, dass wir eine gute
Lösung für alle Beteiligten finden werden.
Bis dahin wünsche ich Ihnen alles Gute.
Mit freundlichen Grüßen
Thomas Kurt

»Anne, ich werde keine Ausbildung machen. Ich habe gestern die Zusage von der Uni erhalten.« Huzur erinnert sich noch an den Satz, den sie ihrer Mutter verkündete, während sie mit großer Sorgfalt ein Weinblatt auf einem Schneidebrett nach der Briefumschlagstechnik rollte. Ihrer Mutter fiel die Reis-Hackfleisch-Mischung, die sie als Füllung vorbereitet hatte, vom Löffel. Würde ihr Kind das schaffen? Huzur sah ihr die Frage im Gesicht an. Ganz zu schweigen davon, dass sie fest mit Huzurs Beitrag für die Haushaltskasse gerechnet hatte. Huzur wunderte sich, dass die Mutter die Zeichen nicht gedeutet hatte und so unvorbereitet wirkte.

»Ich habe doch die ganze Zeit Briefe abgeschickt, das waren Bewerbungen für ein Studium, ausgefüllte Formulare an das BAföG-Amt. Du weißt doch, ich hatte dir das erklärt, das ist so was wie ein Jobcenter. Ich glätte mir seit Jahren die Haare, esse in der Öffentlichkeit keine Schokolade mehr, jogge durch Parks und lerne wie eine Verrückte. Was denkst du, warum habe ich das all die

Jahre gemacht? Das waren ersten Schritte auf dem Weg in die Uni. Ich werde aber natürlich trotzdem arbeiten und euch unterstützen«, sagte Huzur.

Das war in dem Sommer vor fünf Jahren gewesen, als die Familie Özyabancı in Berlin blieb. Der Flug in die Türkei wurde dem deutschen Pass geopfert. Die Kinder sollten eingebürgert werden, um bessere Jobchancen zu haben, die Mutter bestand darauf. Der Preis war hoch. Die deutschen Behörden wollten Geld, die legendären Bearbeitungsgebühren. Die türkische Botschaft zierte sich, die Mitarbeiter zogen in dem überfüllten, schlecht beleuchteten Büro nach und zwischen den einzelnen Arbeitsschritten an ihrer Zigarette und nahmen dazu einen Schluck çay. Stempel und Unterschrift galten als zwei Arbeitsschritte. Die Notare, die Dreizeiler vom Türkischen ins Deutsche übersetzten und andersrum, verdienten ebenfalls an dem Versuch dazuzugehören. Am Ende bekamen Huzur und ihr Bruder den deutschen Pass. Aus Huzur Özyabancı wurde Huzur Özyabanci. Huzur fühlte sich ein wenig mehr wie eine Zadie Smith, aber immer noch nicht dazugehörig genug, um sich wie Blümchen zu fühlen.

In jenem Sommer vertrat Huzur in den Ferien eine Kollegin ihrer Mutter, die sich mit dem Auto auf den Weg in die Türkei gemacht hatte. Die Kolleginnen warteten zum Abschied mit ihren Eimern voller Dreckwasser vom Putzen. Sobald das Auto hupend vorbeifuhr, warfen sie lachend die Eimer Wasser hinterher.

»Sollen die da mal sehen, wie es uns Deutschländern hier geht«, sagte eine.

»Hoffentlich wäscht sie das Auto nicht unterwegs«, eine andere.

»Sie sollte so durch ihr Dorf fahren, damit alle sehen, womit wir uns hier rumschlagen müssen.«

Huzur hörte zu und lernte.

Am Ende der sechs Wochen hoffte ihre Mutter darauf, dass Huzur ihr gestehen würde, ein Auge auf den Kollegen Murat geworfen zu haben. Er war ein Kollege von der Mutter und hatte Huzur einen Zettel geschenkt, auf den eine Formel-1-Strecke gemalt war, darunter der Kommentar: »Das ist mein Herz, das für dich schlägt.« Huzur hatte sich bedankt, ihn dabei als »abi«, also älteren Bruder, betitelt und ihm somit einen Korb gegeben, der so leicht sein sollte wie Baumwolle.

Der Traum ihrer Mutter von einem hart arbeitenden, nicht spielsüchtigen und alkoholtrinkenden Mann für ihre Tochter schmolz wie eine Eiskugel in der Sonne, als Murats Mutter Huzurs Mutter von ihrem Desinteresse an Murat erzählte. Und dann hatte Huzur mit ihrer Ankündigung, ein Studium anzufangen, noch eine Kugel draufgesetzt.

Schlaue Mütter wenden keine Gewalt an, um sich durchzusetzen. Sie schenken Liebe und Verständnis, sie halten die andere Wange hin. Huzur wusste, als Kind bekommt man so Entscheidungsfreiheit bei schlechtem Gewissen.

Sie fing an zu studieren, Kunst an der UdK. Sie mochte Monet. Doch als sie in der ersten Woche die Wahl ihres Studienfachs mit Monet begründete und die Blicke der Grün- und Blauäugigen sah, wurde ihr klar: falsche Wahl. Rita aus der ersten Reihe klärte Huzur auf: »Pass auf. Du kannst bestimmt gut zeichnen, aber die UdK steht für Visionen. Ich weiß nicht, wie du hier reingekommen bist, vielleicht hast du mit deinen schönen türkischen Haaren gespielt, als du deine Unterlagen abgegeben hast. Jedenfalls kann ich dir sagen, Wechsel zu Lehramt. Da sind Leute mit bescheideneren Ansprüchen, dementsprechend erwarten Dozenten auch weniger von ihnen. Ich habe auch irgendwo gelesen, dass viele Kinder aus der Unterschicht auf Lehramt studieren. Hätte ich nicht den Background und die jahrelange Förderung meiner Talente durch meine Eltern, ich würde jetzt auch Lehramt studieren. Du wirst sehen, Lehramt passt besser zu dir.«

»Okay«, antwortete Huzur mit einem steifen Lächeln und sagte, sie müsse zur Toilette. Dorthin ging sie auch, aber um zu weinen. Wie gerne hätte sie Rita schlagfertig geantwortet, mit einem Satz, der zu ihrem früheren Ich mit in die Socken gesteckten Hosenbeinen, ohne Schultasche, dafür mit einem Hefter für alles, Block, Bücher und Stifte, gepasst hätte. Doch Ritas Satz war ein Schlag und hatte sie kalt erwischt. Schläge, die ihr Können in Frage stellten, konnte sie nicht ignorieren, sie nahmen ihr die geballten Fäuste weg. Sätze, die mit Punkten

endeten, wurden zu Fragen, die nachts ihre Augen offen-
hielten. Eine Woche später saß sie beim BAföG-Amt und
im Immatrikulationsbüro, ein paar Tage später hätte sie
kein BaföG mehr bekommen und einen Kredit aufnehmen müssen. Huzur war Anstrengungen gewohnt, Bildung tat weh, hatte sie erfahren, und Ritas Einschätzung
tat weh. Huzur stellte außerdem fest, dass Rita nicht
recht gehabt hatte und sie die einzige Lehramtsstudentin
aus Wedding war. Sie war sich sicher, sobald sie mit dem
Studium durch ist, würde keiner ihr wie Rita ungefragt
die Meinung sagen. Nein, da würde man sie nach ihrer
Meinung fragen und keiner würde das, mit Optionen,
mickrig wie Krümel, als Glück bezeichnen. Alle würden
sich in ihrer Nähe glücklich schätzen.

Das Lehramtsstudium erwies sich als Selbsttherapie
und Gesellschaftsanalyse in einem. Obwohl Lehramt,
schien ein Studium für jemanden mit ihrer Herkunft
nicht vorgesehen. Putze, oder freundlicher, Reinigungshilfe, Altenpflegerin. Da hätte sie sofort Chancen gehabt,
es wurden händeringend Altenpflegerinnen gesucht.
Aber hatte sie das nicht alles geahnt, sie brauchte sich
nur das Leben ihrer Mutter anzusehen. Studieren kostete
Zeit, Energie und Geld, außerdem sollte man sich in
Seminaren vor einem bildungsbürgerlichen Hintergrund
präsentieren, der Huzur fehlte. Zeit, Energie und Geld
waren aber knappe Güter bei Huzur und ihrer Familie,
das Risiko zu scheitern groß. Das alles waren die Schat-
tenseiten. Aber das Studium ließ Huzur in den Augen

ihrer Umgebung auch als Gewinnerin erscheinen, ihre Mitstudierenden erwähnten immer wieder, wie außergewöhnlich ihr Weg sei, für ihre Dates war sie eine »Sozialmigrantin«. Gäbe es ein Wettbüro, in dem es um den Erfolg im Leben ginge, alle hätten auf Huzur gesetzt, das beste Pferd im Stall.

Sie besuchte Vorlesungen, in denen es um Inklusion und Diversität ging. Vor dem Vorlesungssaal, wo es auch manchmal Fotoshootings gab mit Models in transparenten Regenmänteln und bauchfreien Tanktops, sagte eine der Studierenden, Deutschland sei im Vergleich zu den USA hinterher.

Die Vorlesung fand im Sommer bei offenem Fenster statt, Baustellengeräusche drangen herein. Der Professor ließ sich nicht beirren, wie zu Beginn jeder Sitzung zu erzählen, was ihm diesmal in seiner Zweitwohnung in Berlin fehlte und wie anstrengend das Pendeln zwischen Hannover und Berlin sei. Dann ging er zu den Geflüchteten über. Er sagte, im Rahmen des Vorlesungsthemas sei es eine wichtige Frage, wie mit ihnen in Deutschland umgegangen werden sollte, und er würde gerne die Meinung der Studierenden erfahren. Es gäbe keine richtigen oder falschen Antworten. Sie könnten sich zu Gesetzen äußern, zur aktuellen Geflüchtetenpolitik oder zu den verschiedenen Fluchthintergründen. Eine Studierende meldete sich, sie sagte, Geflüchtete sollten überall willkommen sein. Jedoch habe die Willkommenskultur auch ihre Grenzen. Ihre Cousine habe seit einem halben Jahr

147

keinen Sportunterricht, weil die Geflüchteten in der Sporthalle untergekommen seien. Huzur saß ganz vorne und beobachtete den Gesichtsausdruck des Professors, während sie der Studierenden zuhörte. Sie hoffte auf eine Veränderung in seinen Zügen. Er nickte, so wie man nickt, wenn man sich verschiedene Meinungen zu einem Thema anhört, das einen nicht betrifft. Huzur konzentrierte sich auf die fünfzig Zentimeter Radius um sie herum. Niemand saß neben ihr.

»Die sind ja auch meistens Muslime und muslimische Eltern schicken ihre Töchter nicht zum Schwimmunterricht«, hörte sie jemanden hinter sich sagen. Sie drehte sich um und schaute ihn amüsiert an. Patzig erwiderte er ihren Blick.

»Was gibt es da zu grinsen. Das ist ein ernstes Thema.«

»Ich wusste gar nicht, dass du meine Eltern kennst«, sagte Huzur.

Seine Nachbarin mischte sich nun auch in das Gespräch ein. »Hä? Wieso denn deine Eltern? Wir reden über muslimische Eltern!«, sagte sie. Huzur war zu schockiert und zu amüsiert über die angehende Lehrerin und ihr Weltbild. Was könnte passieren, wenn sie auf muslimische Eltern und ihre Kinder in der Schule trifft? Die Fragen und Befürchtungen ließen sie weder weitere Äußerungen im Vorlesungssaal noch die Musik hören. Sie wollte vergessen und vergessen werden.

Huzur erhielt schließlich ihre Zusage zum Referendariat. Die eine oder andere Bewerberin, die sie aus ihrem

Studium kannte, erklärte Huzur, sie könne als Vorbild dienen, sie hätte den Aufstieg geschafft. Aber Vorbild zu sein, bedeutete auch Druck. Sie sah sich als Michelle Pfeiffer, die sie aus dem Gangsta's-Paradise-Video kannte, und hoffte inständig, dass die Schüler, die als schwer erziehbar gelten, die Schüler sein würden, mit den sie am besten kann und die dann am Ende die erfolgreichsten sein würden. Gleichzeitig spürte sie den Druck, diese besondere, außergewöhnliche Rolle immer einnehmen zu müssen, der schwerer wog als alle Backpacktaschen ihrer Kommilitonen zusammen. Huzur steckte als Frau, Arbeiterkind und mit türkischen Wurzeln in drei Schubladen mit dem Label »unterer Durchschnitt«, »begrenzt leistungsfähig/intelligent etc.« fest. Folglich musste sie Überdurchschnittliches leisten, um ein durchschnittliches Leben als Lehrerin zu führen. Sie konnte nur fallen oder auffallen, wobei Letzteres ihr zu einem Platz in der durchschnittlichen Mitte verhelfen würde. Je mehr Zeit verging, je älter sie wurde, je weiter sie die Treppe hochstieg, desto besser würde ihre Aussicht werden, desto weniger würde es Penny-Markt-Momente geben und desto weniger würden die Steine ihr weh tun. Das war ihr Versprechen, dass sie sich immer beim Schlucken, Anpassen, Nicken und Lächeln gab. Und lag sie nicht mit ihrem Studium genau richtig bei dem Lehrermangel in dieser Stadt? Und lag sie nicht mit ihrem Studium genau richtig bei dem Lehrermangel in dieser Stadt? »Seien Sie nicht nur die erste Abiturientin in

Ihrer Familie, sondern auch die erste Lehrerin.« Die Aufforderung von einer Mitarbeiterin am Lehramtszentrum der Universität tönte Huzur noch in den Ohren.

Sie probierte immer wieder neuen Umgang mit solchen Situationen aus, mit Steinen, die ihr in den Weg gelegt wurden, mit denen sie beworfen wurde. Sie schluckte sie, sie warf zurück, direkt oder manchmal hinter ihrem Rücken. Manchmal warf sie die Steine in den See, beobachtete sie, wie sie ihre Kreise zogen, sie erstickte die Steine im Wasser, damit sie sie in Ruhe ließen. Sie ging einen Schritt vor, einen Schritt zurück, tanzte Tango mit den Steinen an ihrer Brust, eng umschlungen, Hand in Hand mit den Steinen und den Steinewerfern. Sie passte sich an, nickte, lächelte und stieg die Leiter nach oben. Bald schon war sie in der Mitte der Gesellschaft angekommen, im Lehrendenzimmer, dem Limbus in der Mitte der Gesellschaft, bei den Lehrern, die Wächter waren, für die Schüler »Problemkinder« oder »Chaoskinder« waren. Alle Tische waren belegt und auch alle Schließfächer. Man bot ihr einen Platz am Kaffeetisch an, dort würden auch die Praktikanten sitzen, aber ihre Sachen konnte sie dort natürlich nicht dauerhaft ablegen. Am Anfang behandelte man sie nicht wie eine Gastarbeiterin, sondern wie einen Gast. Auf Empfehlung ihres Hauptseminarleiters hängte sie in der Einführungswoche einen Steckbrief an die Innenseite der Lehrendenzimmertür. Die üblichen Daten wie Name, Fächer, Vorfreude, Grüße. Alles mit einem höflichen »Sie«. Manche Lehrer*innen blieben stehen, lasen den Steckbrief und stellten sich danach bei ihr vor, andere blieben mit ihrer Stulle an der Tür stehen und warfen nach dem Lesen einfach nur ihr Papier in den Eimer neben der Tür.

Manche fragten sie, wie ihr Name ausgesprochen werde, man machte ihr Komplimente, wegen ihrer Haare, ihrer Sprachkenntnisse, Deutsch, Englisch, Türkisch und vor allem die Sprache der Schüler und Schülerinnen. Sobald sie das Lehrendenzimmer betrat, schien sich ein roter Teppich mit Halbmonden und Sternen unter ihr auszurollen. Man fragte sie, wie sie zu Erdoğan stünde, wie sie zu Böhmermann stünde, ob sie Schweinefleisch esse, wo sie so gut Deutsch gelernt habe, viele Schüler könnten nicht so gut Deutsch wie sie. Sie antwortete manchmal aufrichtig und mit Geduld, gab kostenlos Nachhilfe bei der korrekten Aussprache von türkischen Namen. Manche Fragen waren zu große Fragen, selbst für die großartigste Variante von Huzur, aber sie hatte sie schon mehrfach im Leben gestellt bekommen und wusste, sie würde sie immer wieder gestellt bekommen. Sie beschloss, unterschiedliche Antwortvarianten auszuprobieren und unterschiedliche Variationen von sich selbst – witzig, gesprächsbereit, abweisend.

Sie war in Deutschland geboren, lebte hier, war hier zur Schule gegangen. Doch sie wurde zur Spezialistin für die Türkei, den Islam, zu der Situation von türkischen und muslimischen Frauen, zu arabischen Clans in Neukölln, und Medienereignisse erweiterten den Fragenkatalog. Manchmal scherzte sie und fragte: »Was hältst du von Kohl, Helmut Kohl?« Huzur fühlte sich nicht als Individuum wahrgenommen, sondern als Teil eines »Ihr«, eines Kollektivs, mit dem ihr Gegenüber, so ihr Eindruck, nur unter Polizeischutz Kontakt hätte haben wollen. Sah Huzur morgens in der Bahn auf dem Weg zur Schule auf ihrem Smartphone, dass der Islam, Islamismus, der Wedding, die Türkei wieder für Schlagzeilen in Deutschland sorgten, hoffte sie inständig, nicht in der Schule darauf angesprochen zu werden. Vollbepackt mit Bergen aus Heftern, Notizen, Kopien, versuchte sie sich unsichtbar zu machen, kniff ihre Hände zusammen, kniff ihre Augen zusammen, als bräuchte sie eine Brille, hielt ihre Arme durchgestreckt, hob ihren Stuhl an, anstatt ihn über den Boden zu ziehen, um nur ja unbemerkt zu bleiben.

Es gab keinen passenden Ratgeber für solche Situationen. Sie entdeckte in einer Abteilung der Bibliothek Bücher, wie man im Klassenzimmer überlebte, aber nicht, wie man im Lehrerzimmer überlebte. Es wurde über Brennpunktschulen geschrieben, über importierten Hass und Unterdrückung seitens der Schüler gegenüber weiblichen Lehrkräften.

Und dann kam für Huzur, die Referendarin, das erste Ramadanfest. Es war ruhig in der Schule. Viele Jugendliche verbrachten den Tag zu Hause mit der Familie, beteten, frühstückten, besuchten Verwandte oder bekamen Besuch. Huzur hatte sich bei der Senatsverwaltung erkundigt, ob sie zu Hause bleiben durfte. Die Dame am anderen Ende der Leitung musste sich kurz sortieren und stotterte überfordert herum. Dann meinte sie, Berlin sei eine Multikultistadt, deswegen könne man nicht ohne Weiteres einen muslimischen Feiertag einführen. Also ging Huzur weiterhin in die Schule, zeigte den Schülern einen Film über einen Neuköllner Gangsterläufer, ärgerte sich innerlich, weil der migrantische Jugendliche mit Fluchthintergrund ins Gefängnis kam und der deutsche Akademikernachbar, dem er die Wasserkästen ins Haus trug, einen Film über ihn drehte. Wann würde es mal andersrum sein? Doch das Ärgern brachte nichts, und der Film kam gut an bei den Schülern, sie blieben ruhig, und als Huzur die Tür des Klassenzimmers am Ende abschloss, hörte sie, wie einige Schüler sagten: »krass«, und den Kopf schüttelten. Huzur ging ins Lehrendenzimmer und sah Frau Müller, die Mutter jeglicher Bullshit-Bingos und die ihr bereits ein paar Mal unangenehm aufgefallen war, näher kommen. Huzur versuchte sie abzuwimmeln, indem sie sich konzentriert mit ihren Büchern und Heften beschäftigte, aber Frau Müller ließ sich nicht abwimmeln.

»Huzur, ich bin so froh, dich als Kollegin zu haben«, begann sie das Gespräch. »Ich habe gestern einen Artikel gelesen, eine Lehrerin hat das Land Berlin verklagt, weil sie mit Kopftuch unterrichten wollte. Kannst du dir das vorstellen? Wir haben nicht umsonst das Neutralitätsgesetz. Es reicht, dass wir Schülerinnen mit muslimischem Kopftuch haben. Ich wünschte, es wären alle Türkinnen so wie du.«

»Entschuldigung, ich habe ganz wenig Zeit, ich muss noch ein paar Arbeitsblätter für meine Vertretungsstunde kopieren«, versuchte Huzur sich aus der Affäre zu ziehen. Frau Müller hob verwundert die Augenbrauen, sie hatte von der türkischen Referendarin, wie sie Huzur im Lehrendenzimmer nannte, wenn sie dachte, Huzur sei nicht anwesend, eine andere Reaktion erwartet, das sah Huzur ihr an. Sie nahm mit einem angedeuteten Lächeln ihre Bücher und Hefte auf und machte sich schnell davon.

Und dann kam der Tag, an dem die Dinge eskalierten, an dem der Friede nicht mit Huzur war. Sie hatte das kommen sehen, seit sie sich mit der Zeit immer mehr als die Wächterin im Panoptikum sah, die andere Wächter beobachtete und immer wieder den Drang spürte, sie an ihre Grenzen bringen zu wollen, so wie sie es mit ihr taten. Wie würden die Wächter reagieren?

»Du hast nicht das Recht, mir meine Kleidung runterzureißen. Gib das her!«, sagte sie so ruhig wie möglich zu Frau Müller.

»Deine Kleidung? Es ist ein muslimisches Kopftuch. Du darfst es nicht tragen.«

»Klar darf ich es tragen.«

»Nein, darfst du nicht. NEU-TRA-LI-TÄTS-GE-SETZ.«

»Ich scheiß auf eure Neutralität. Was ist das für eine Neutralität, die dir erlaubt, Weihnachtslieder zu singen, Adventskerzen anzuzünden, Weihnachtsdeko in der gesamten Schule anzubringen, aber mir verbietet, ein Kopftuch zu tragen?«

»Du könntest damit Schülerinnen dazu animieren, so was zu tragen, und das ist Propaganda, nein, noch schlimmer, es ist Unterdrückung.«

»Du unterdrückst gerade mich. ›Muslimisches Kopftuch‹? Was ist das eigentlich? Erykah Badu hat kein muslimisches Kopftuch und Zadie Smith auch nicht, aber Huzur Özyabanci, was? Im Übrigen: Auf diesem Tuch sind Schweineköpfe zu sehen, hier, diese rosa Teile.« Huzur hatte diese Frage einstudiert. Sie hatte diesen Teil ihrer Revolte einstudiert, wie sonst ihre Anpassung. Für diesen Tag ist sie extra zum Nettelbeckplatz gefahren. Sie hatte Stoff gekauft. Der Stoff war Reststoff, 70 cm lang, 40 cm breit, verziert mit gut gelaunten Schweinefressen, für 50 Cent.

Und jetzt hat ihr Hauptseminarleiter Herr Kurt sie also zu dem befürchteten Gespräch eingeladen, das in circa zwei Wochen stattfinden soll. Und sie wird hingehen, obwohl keine Lösung in Sicht ist. Huzur freut sich, dass ihr bis dahin noch freie Zeit für Hiba bleibt. Sie war mit ihr bei der Erstaufnahme- und Clearingstelle und hat sie beim Jugendamt registriert. Aufgrund der aktuellen Notlage in der Stadt darf sie das Mädchen bis auf Weiteres bei sich aufnehmen. Weiblich, Referendarin und Migrationshintergrund – in diesem Fall verwandeln sich potenzielle Nachteile in Pluspunkte. Sie hat sich auch erkundigt, was es bedeuten würde, Hibas Pflegemutter zu werden.

Nachts schläft Hiba oft unruhig, dann wandert Huzur manchmal vom Sofa ins Bett und legt sich zu ihr, bis sie wieder tief eingeschlafen ist. Sie hat für Hiba einen Malblock und Stifte gekauft, und die Kleine sitzt nachmittags oft stundenlang am Küchentisch, schaut versonnen vor sich hin und stürzt sich, sobald ihr ein Einfall kommt, auf das Blatt Papier, als zähle jede Sekunde. Manchmal, wenn sie sich unbeobachtet fühlt, summt sie leise. Oder sie sitzt einfach nur da und schaut vor sich hin. Dann versucht Huzur sie abzulenken und schlägt ihr zum Beispiel einen Spaziergang vor. Ein Spaziergang ist was für Menschen, zu denen sich die Welt hinbewegt, die deswegen ohne ein Ziel den Gang auf sich nehmen, das kann Hiba und mir nur gut tun, findet Huzur.

Sie unternehmen kleine Wanderungen durch den Schillerpark, stehen vor dem Denkmal, oder Hiba probiert einen Spielplatz aus, oder sie sammeln Kastanien, mit denen sie daheim mit Streichhölzern Kastanienmännchen und Häuser basteln. Die Abende könnte Hiba stundenlang unter der Dusche verbringen, das warm herabprasselnde Wasser scheint für sie das Schönste zu sein.

Huzur stellt keine Fragen, und auch Hiba fragt wenig. Auf dem Jugendamt hat sie für das Mädchen gedolmetscht, aber außer dem Vornamen, den sie bereits kannte, war Hiba nichts zu entlocken. Als sei zwischen dem Jetzt und dem Davor eine Wand. Sie hält weiter Distanz, nimmt bestenfalls Huzurs Hand. Als sie sich zum ersten Mal zu Hiba legte, hat Huzur kurz überlegt, ob sie die Grenze, die das Kind bei Tage zieht, einfach so überschreiten darf. Aber der Anblick der Kleinen, die sich hin und her warf, nahm ihr die Entscheidung ab.

Sie hat für Hiba ein paar deutschsprachige Bilderbücher gekauft, die sie ihr abends vorliest. Hiba muss so schnell wie möglich die Sprache lernen, hat sie beschlossen, und nach dem sanften Start mit den Bilderbüchern will sie sich mit ihr hinsetzen und langsam mit dem Lesen und Schreiben in deutscher Sprache beginnen. Und sie hat Hiba an einem Vormittag mit zu ihrer Mutter genommen. Die hat vor Freude in die Hände geklatscht, und Huzur hat sofort gemerkt, dass Mama und Hiba einen besonderen Draht zueinander haben, wer weiß, welche Frauen vorher in Hibas Leben waren. Huzur hat sich gefreut, dass ihre Mutter so offen reagiert hat. Seitdem fragt Hiba fast jeden Tag nach ihr, und sie schauen jeden zweiten vorbei.

Raphael ruft Huzur ein paarmal an und fragt, wie es ihr geht, was sie so macht. Beim letzten Mal erwähnt er Hibas Schal, den hätten sie bei ihrem Besuch vergessen, die Mutter habe ihn immer wieder erinnert, das auszurichten. Huzur reagiert nicht, er soll sich bloß nicht unter diesem Vorwand bei ihr sehen lassen. Eigentlich soll er gar nicht mehr kommen, sondern in der Dunkelheit ihrer Gedanken verschwinden. Seit dem Besuch bei seinen Eltern will sie ihn nicht mehr sehen, ihre Welten sind zu unterschiedlich, und sie will mit seiner Welt nichts

157

zu schaffen haben. Aber Raphael, der Eindringling, der sonst immer jede Gelegenheit genutzt hat, um in Wedding, Huzurs Territorium, zu sein, schlägt diesmal nicht vor, den Schal vorbeizubringen. Er schlägt vor, sich in der Mitte zu treffen. Im Hintergrund hört man Cecile und Fred, man könne sich doch für die Übergabe des Schals treffen und das mit einem kleinen Spaziergang verbinden. Man lädt sie also nicht nach Dahlemdorf ein, denkt Huzur, aber sie ist dankbar, so muss sie nicht den langen Weg auf sich nehmen. Nicht wie bei ihren Freunden aus Neukölln oder Kreuzberg, die immer darauf bestehen, dass sie zu ihnen fährt. Huzur und die Blancs einigen sich auf den nächsten Tag, um die Mittagszeit, und zwar am U-Bahnhof Reinickendorfer Straße. Von dort aus kann man am Nordhafen an der Weddinger Alster entlanglaufen.

Am nächsten Tag warten sie alle, Raphael, seine Schwester Rahel mit Sohn Gabriel, Cecile und Fred, in robuster Funktionskleidung, die Erwachsenen mit Thermobechern in der Hand. Cecile winkt mit dem Schal, als sie und Hiba die Rolltreppen hinter sich lassen. Sie laufen gemeinsam Richtung Wasser. Am Wasser gibt es keine Gänsefamilien, nur angespültes Plastik. Die Tüten sind die Weddinger Seerosen im Dreieck von Mitte, Moabit und Wedding. Ein Obdachloser hält seinen Waschlappen ins eisige Wasser.

Hiba läuft vorne bei Rahel und Gabriel, der Kleine macht Hiba glücklich, sie fühlt sich vielleicht neben ihm groß und stark, denkt Huzur. Und dass sie seit ihrem Besuch, der nur ein paar Tage zurückliegt, viel selbstbewusster und sicherer wirkt. Fred lenkt auf die Umgebung, hier sollen Wohnungen entstehen, ein Pharmakonzern hat die eine Straße gekauft, das Neue wird nicht schön werden, sondern uniform, Legoteile-Architektur. Nichts Hochwertiges, fügt Fred, der Architekt, hinzu. Immerhin sei die Anbindung gut, der Hauptbahnhof in der Nähe, Cecile erwähnt das Café Lilie, wo man so schön mit Besuch brunchen könne. Die Ausländerbehörde ist auch gleich um die Ecke, lacht Huzur. Fred und Cecile lachen mit, Huzur hätte gern gewusst warum. Sie schmunzelt aber einfach unehrlich mit. Und nichts scheint in dem Moment passender als das unehrliche Schmunzeln. Raphael schmunzelt und stiehlt sich zu seiner Schwester und den Kindern davon. Huzur wird unbehaglich, ihr kommt es so vor, als hätten die drei auf ein Signal gewartet, als sei hier etwas im Gange. Cecile und Fred haben aufgehört zu lachen und beginnen mit einer Geschichte, wie beim Pingpong spielen sie einander den Ball zu.

Zur Einleitung bieten sie ihr das Du an. Kann ich das ablehnen, überlegt Huzur kurz. Sie hätten nachgedacht, miteinander gesprochen, seien sozusagen in Klausur gegangen, lacht Cecile wieder. Dann hätten sie beim Jugendamt angerufen, und eine Frau Hübl – so hieß sie doch, Fred, nicht wahr? Genau, Frau Hübl – sei dran gewesen. Regelrecht gefreut habe Frau Hübl sich über ihre

Anfrage. Und sie habe ihnen ausführlich Informationen gegeben, wie man mit Kindern wie Hiba – Cecile benutzt tatsächlich diese Formulierung, Huzur hätte sie dafür am liebsten in den Kanal gestoßen – verfahre. Gerade so, als wäre Hiba bereits aktenkundig. Sie hätten sogar überlegt, ob sie beide sich des Kindes annehmen sollten. Fred. Ja, aber mit dem Enkelkind und einer Single-Mutter, die sie unterstützen müssen, sei das keine Option. Cecile. Leider. Wieder Fred. Dabei würden sie doch so gerne … Wieder Cecile. Und dann das Alter, die Verantwortung, sie wollten doch auch noch reisen, es sich ein bisschen schön machen, nach all den Jahren. Immer noch Cecile. Er trete seit letztem Jahr im Beruf kürzer, man wolle das Leben doch noch ein bisschen genießen. Fred. Und dann ein fremdes Kind, Hiba sei eine ganz Süße, aber eben doch ein fremdes Kind.

»Würdest du dir denn zutrauen, dich um Hiba zu kümmern«, fragt Cecile unverblümt.

»Warum nicht? Was spricht dagegen?«, fragt Huzur zurück.

»Na ja, das ist eine große Verantwortung. Und du musst ja auch für dich selbst sorgen.« Und für meine Familie, ergänzt Huzur in Gedanken. »Raphael hat mir von der Episode im Supermarkt erzählt, als ihr Hiba verloren habt. Das hat uns zu denken gegeben.« Cecile wirft Fred einen Blick zu. »Das war der Auslöser für unser Telefonat.« Huzur spürt Wut in sich aufsteigen, Wut auf Raphael, der seinen Eltern offenbar haarklein aus seinem

Alltag erzählt, Wut auf diese beiden Besserwisser in überteuerter Thermokleidung, die vermutlich grün wählen, den Müll trennen und in deren Leben die Singletochter mit Enkelkind das größte Unglück ist. Die Blancs sind wie alle anderen hier, eine kleine Unaufmerksamkeit, ein Fehler, und schon fällt ein Urteil.

»Wie gesagt, ich bin mir nicht sicher, ob ich dir das zutraue«, sagt Cecile und blickt Huzur besorgt an. Du musst mir gar nichts zutrauen, denkt Huzur, du bist nicht meine Mutter, nicht mein Vater, nicht mein Bruder und auch nicht eine Freundin meiner Mutter. Was du mir zutraust, ist mir scheißegal. Ich traue mir auch nicht jeden Tag alles zu, aber ich versuche. Tränen vibrieren in ihren Augen, als hätte man unter der Erde eine Waschmaschine angeschaltet. Gäbe es hier Schnee, sie würde eine Handvoll essen, damit die Gewässer in ihrem Leib gefrieren.

»Wie auch immer«, fällt Fred seiner Frau ins Wort, die gerade ansetzen will. »Wir haben aufgrund der Informationen, die wir in Erfahrung gebracht haben, eine Liste vorbereitet.« Und damit zaubert er ein Stück Papier hervor, das er Huzur in die Hand drückt. »Das sind Anhaltspunkte, die dir weiterhelfen sollen.«

»Wie gesagt, auch als Pflegemutter hat man eine große Verantwortung, das sollte man nicht auf die leichte Schulter nehmen. Solche Kinder sind oft traumatisiert, auch das muss man bedenken. Und man hat keine Ahnung, was sie an Veranlagungen mitbringen.« Huzur hält Ceciles Wortwahl und Tonfall kaum noch aus.

Soll sie sich jetzt bedanken? Huzur unterdrückt ihre Tränen. Soll sie ihre Gefühle rauslassen und die Eltern Blanc ins Wasser schubsen? »Junge Deutsch-Türkin läuft Amok.« Mit Betonung auf »Türkin«, würde morgen in den Zeitungen stehen. Dann würde man ihr den deutschen Pass wegnehmen und sie in ihre sogenannte Heimat abschieben.

Sie greift nach dem dargebotenen Stück Papier, stopft es in ihre Jackentasche und ruft: »Hiba, komm, lass uns gehen. Es wird kalt. Wir werden krank.«

Hiba, die kleine, freundliche Hiba, dreht sich um und kommt auf Huzur zugelaufen. Die öffnet weit ihre Arme und fängt sie auf. Ein kurzer Augenblick der Nähe. Dann nimmt sie Hiba bei der Hand.

»Alles klar«, sagt sie und wendet sich zum Gehen. »Ach, Hibas Schal, könnten Sie mir den noch geben? Den wird sie brauchen in diesen kalten Zeiten.«

Eine sprachlose Cecile reicht ihr den Schal, und dann wenden sie und Hiba sich zum Gehen und spazieren Hand in Hand davon. Huzur spürt die verdutzten Blicke der Blancs in ihrem Rücken, sie wirft den zusammengeknüllten Zettel im hohen Bogen in den nächsten Abfallkorb. Sie verfehlt ihn, und Hiba lacht laut.

Zwei Wochen später sitzt Huzur neben der Tür in einem Schwingsessel, den sie ihrer Mutter zum Muttertag geschenkt hat und der mit einem eigens angefertigten Bezug aus der Türkei selten benutzt in der Ecke steht. Heute ist das Aşure-Fest, die Süßspeise Aşure ist Huzurs Lieblingsdessert. Als Kinder mochten sie und ihr Bruder Savaş es nicht und haben immer nach Schokolade verlangt, aber jetzt als Erwachsene lieben sie beide die Speise. Huzur weiß nicht so wirklich, was gefeiert wird. Würde sie ihre Mutter fragen, würde die sich ganz entrüstet geben. Also liest sie im Netz und stellt fest, es ist das Fest der Überlebenden. Man glaubt, Noah hat nach der Sintflut mit den Resten Essen zubereitet. Über die Anzahl der Zutaten ist man sich nicht einig. Mit Granatapfel und Kokosnussraspeln dekoriert, das ist die gehobenere Variante für Huzur. Sie hat die beiden Zutaten beigesteuert. Die Mutter hat Aşure zubereitet, sie hat am Vorabend die braunen Mandeln eingeweicht und sie am Morgen von der dünnen braunen Hülle befreit. Für Hiba hat die Mutter eigens ein Schälchen gekauft. Huzur wollte mit Hiba am Vortag kommen und ihr helfen, aber für die Mutter kam das nicht infrage. Huzur hat ja studiert, sie muss nicht kochen lernen. Und Hiba, die blickt sie manchmal traurig an, die ist noch zu klein. Typisch Huzurs Mutter eben.

Die Mutter möchte auch den deutschen Nachbarn etwas von der Aşure vorbeibringen und beauftragt Huzur und Hiba damit. Beide laufen in ihren Hauslatschen durchs Treppenhaus mit ihrem Tablett. Wie jedes Jahr fragen die Opis und Omis in den Nachbarwohnungen: Was ist das, und nehmen freudig ihr Schälchen entgegen.

In diesem Jahr kramen sie in der Küche nach Schokolade für Hiba.

Kurz darauf kommt der Vater nach Hause, der einem Freund beim Paketzustellen geholfen hat, und wie immer strahlt er, als Hiba auf ihn zugerannt kommt. Zu ihren Eltern hat Hiba zu Huzurs Freude von Anfang an Vertrauen gehabt. Später sehen sie alle fern. Die Eltern tauschen sich über die Serien und Sänger im Fernsehen aus. Sie kennen sich so gut mit ihnen aus, als würden sie ihnen täglich begegnen. Das Gespräch kommt auf Kleinanzeigen, die Huzurs Bruder regelmäßig auf der Suche nach Autos oder Ersatzteilen durchkämmt. Für einen Handel fährt er auch mal rüber nach Polen und bringt dann Wassermelonensoda und Kekse mit. Huzurs Mutter seufzt dann immer: »Wie sein Vater. Gibt aus, was er hat, und sogar, was er nicht hat.«

»Leben am Dispolimit. Das ist ganz normal. Ich sag mal so, in der Unterschicht können Frauen besser mit Geld umgehen als die Männer. Wenn mehr Geld da ist, können es die Männer besser. Wie gut, dass Huzur studiert hat und uns solche Sachen beibringt«, lautet auch diesmal Savaş' Standardantwort.

Huzur hat er erzählt, dass er sich auf Ebay unter dem Usernamen ›CanBlond007‹ einloggt und als Standort Berlin-Mitte auswählt. Das hat er auch Huzur, seiner ›abla‹, als Tipp gegeben. Da reagieren die Leute mehr auf Anzeigen, und auch der Name ist wichtig. Mehmet, Ali, Mohammed, Ibrahim und Hüsseyin sind keine modernen

Namen, die ziehen. Can, Emre, Kaan und Timur hingegen schon, hat er seiner älteren Schwester erklärt, während er vor dem Spiegel stand, seine gegelten Haare begutachtete und sich darüber aufregte, dass der Hardcut viel zu weich sei.

Im Januar gebe es die meisten Anzeigen, weil die Weihnachtsgeschenke, die den Leuten nicht gefallen, online gestellt werden. Savaş zieht an seinem Pullover. Den Pullover habe er von Ebay, ein Mann habe ihn von seiner Geliebten, der Kindergärtnerin seines Sohnes, geschenkt bekommen. Da aber seine Frau ihm immer die Klamotten kaufe, konnte er den Pulli schlecht anziehen und war froh, ihn seinerseits zu verschenken. Huzurs Eltern versuchen, ihren Sohn zum Schweigen zu bringen, sie wollen die Fernsehsendung weiterverfolgen. Am Ende droht der Vater damit, seine E-Zigarette nach ihm zu werfen und die Mutter ihren Hausschuh. Huzurs Bruder lacht über die Drohungen seiner Eltern. Er weiß um seinen Kükenbonus.

»Was lächelst du mich so an, Hässlichkeit? Mach das nicht in der Öffentlichkeit, sonst denken die Leute, du seist meine chica«, sagt er. Huzur verpasst ihm einen auf den Hinterkopf. »Das Gleiche gilt für dich. Sonst denken die Leute, du wärst mein toyboy.«

Später stehen sie alle mit Tee in der Hand auf dem Balkon. Hiba hat sich an Huzurs Mutter gekuschelt. Die Eltern fragen die Oma, die einsam und allein auf dem Balkon gegenüber steht, wie es ihrem an Alzheimer erkrankten Mann im Heim geht, wie es ihr selbst geht und ob sie nicht rüberkommen möchte. Huzur und ihr Bruder sagen auf Türkisch: »Hört doch auf damit. Die wird eh undankbar sein, was Komisches sagen.« Immer wieder betonen sie, sie hätten mehr Kontakt zu der deutschen Mehrheitsgesellschaft, sie kennen die besser. Aber die Eltern ermahnen sie, mit Älteren besser umzugehen. Nach ein paar Fotos gehen sie vom Balkon wieder in die Wohnung zurück, in der es aber immer noch für alles einen Bezug, einen Schutzstoff oder eine Hülle gibt.

Sie hat sich auf den Tag vorbereitet, an dem sie wieder in die Schule geht. Hiba hat sie am Vorabend bei der Mutter vorbeigebracht, die Kleine hat sich gefreut, dass sie dort zum ersten Mal übernachten darf. Huzur steht früh auf. Sie lässt sich Zeit. Sie hat sich am Tag vorher die Augenbrauen gefärbt, sie sehen jetzt dichter, breiter und dunkler aus. Sie drücken eine Entschlossenheit aus, die es hinter ihrem Gesicht nicht immer gab. Ihre Haut überdeckt Huzur mit Make-up und Wangenrouge. Die Konturen treten dadurch stärker hervor. Huzur hat sich für ein schwarzes Oberteil entschieden. Sie zieht ihre karierte Chinohose an, in deren Hosentasche ihre Kette mit dem angebrochenen Herzen hängt, auf dem »sad-forever« steht, ein Geschenk von ihrer Freundin Caro. Huzur sitzt in der Küche, trinkt ihren Bergtee, schreibt in

Stichworten auf, was sie sagen will, lädt ihr Smartphone-Akku auf, füllt ihre Wasserflasche.

Vor der Schule wartet ihr Seminarleiter Herr Kurt auf sie. Er lächelt Huzur an, doch auch er wirkt nervös. Vielleicht ist es auch für ihn das erste Gespräch dieser Art, überlegt Huzur. Sie gehen zusammen über die Schulgänge mit den bunten Wänden, an denen Plakate der Schüler zum Thema Klimawandel, Verhütung, Homophobie hängen.

Ein paar Schüler, die Huzur kennen, rennen auf sie zu. Es hat sich anscheinend rumgesprochen, dass sie heute kommen würde, und sie rufen ihr Sätze zu, als wäre sie eine Boxerin kurz vor dem Kampf.

»Machen Sie die fertig!«

»Sie sind die Beste.«

»Ich glaub an Sie.«

»Endlich sind Sie wieder da!«

»Sie sehen topfit aus.«

Huzur lacht ihnen zu, bis ihr das Gesicht wehtut. Sie geht mit Herr Kurt gemeinsam weiter zum Besprechungsraum. Manchmal bekam die Schulleitung Besuch, und die Sekretärin musste Tee, Kaffee und Kekse in den Besprechungsraum bringen. Musste es schnell gehen, rief die Sekretärin Ebru den Sozialarbeiter Ali an und bat ihn um Unterstützung. Bekam Huzur das mit, sagte sie zu ihm augenzwinkernd »Spuck rein« und deutete dabei auf die Pumpkanne, deren Bauch halb gefüllt mit Luft und Kaffee grummelte.

Sie erreichen den Besprechungsraum. Sie, Huzur, ist heute der Anlass für das Gespräch. Frau Müller und die Schulleitung sitzen bereits an dem Tisch, auf dem schlichte weiße Schälchen mit Studentenfutter, eine Flasche Sprudelwasser und eine Kaffeekanne stehen. Die Schulleiterin lächelt. Alle stehen auf, als Huzur und Herr Kurt den Raum betreten, bieten ihnen höflich Sitzplätze an. Ob sie etwas trinken möchten? Huzur lehnt dankend ab, sie hat das Gefühl, das Schlucken verlernt zu haben. Frau Müller steht neben der Schulleitung. Sie gibt sich Mühe, neutral zu wirken, aber man merkt ihr die Angst an, die auf ihren Schultern sitzt.

Das Gespräch wird vom Hauptseminarleiter geleitet. Beide Parteien werden gefragt, wie es ihnen gehe, ob jemand von der Presse sie kontaktiert habe. Frau Müller und Huzur verneinen. Sie hören zu, unterbrechen nicht, nicken, die Hände ruhen auf dem Tisch. Der Hauptseminarleiter sagt, er habe das Ganze während Huzurs Krankheit mit der Schulleitung besprochen, und man sei sich einig, man wolle keine große Sache daraus machen. Es habe ein Missverständnis gegeben, und die Angelegenheit liege ja auch schon ein Weilchen zurück. Der schulische Alltag sei belastend, was die beiden Lehrkräfte leisten müssten, da könne es schon mal zu Missverständnissen kommen. Am besten man entschuldige sich bei der jeweils anderen. Anschließend würde er gerne einen Termin für die Modulprüfung mit der Schulleitung und Huzur vereinbaren. Frau Müller sagt ihren

Reim auf. Ja, es täte ihr leid, sie sei eigentlich eine ganz aufgeschlossene Person und habe sogar heute für die Sitzung für Huzur *turkish delight* aus Antalya mitgebracht, ihr Land sei wirklich sehr schön. Dann schauen alle Huzur an, die Schulleiterin wirkt mittlerweile etwas entspannter, sie hat einen Arm über die Rückenlehne gelegt.

»Ich werde mich nicht entschuldigen«, verkündet Huzur. Der Seminarleiter atmet hörbar ein, die Schulleiterin setzt sich kerzengerade auf. Huzur verschränkt ihre Arme, stützt dann ihre Ellbogen auf den Tisch. Frau Müller lacht gezwungen, sie habe nichts anderes erwartet. Huzur wollte dem Hauptseminarleiter ihren Brief eigentlich erst nach dem Gespräch geben, doch es scheint, als würden sie hier bis in alle Ewigkeit so sitzen, bis sie sich entschuldigt. Sie schiebt den hellen Umschlag über den Tisch.

»Ich mag nicht mehr.«

DANKSAGUNG

Für die Liebe, das Vertrauen und die Geduld danke ich vor allem Rea Mahrous, Elisabeth Botros, Sham Jaff, Linda Vogt, Prof. Dr. Annina Loets, Gerasimos Bekas, Dr. Anneke Lubkowitz, Cem Bozdoğan, Jennifer Welter + Karl Birkner, Yasir Yousafzai, anne und Memo.